Pink

Thomas Benda - Autor
Lumen Gasmo - Autorin
www.bendagasmo.com
bendagasmo@gmail.com
Facebook: "Alles zum Thema Buch"

W0400215

Usch Luhn studierte Germanistik und Publizistik in Berlin und arbeitete beim Radio und Kinderfernsehen, bis sie begann, eigene Geschichten zu erzählen. Mittlerweile lebt sie als Schriftstellerin abwechselnd in der Hauptstadt und auf einem einsamen Deich an der Nordsee. Sie unterrichtet an einer Filmschule, schreibt Drehbücher und hat inzwischen über fünfzig Kinder- und Jugendbücher veröffentlicht.

Usch Luhn

Kiss me, Cookie

PINK • Ein Imprint von Oetinger Taschenbuch

Außerdem von Usch Luhn bei **PINK** erschienen:

Good Luck Fashion
River Girl
River Love

PINKpressum

PINK • Ein Imprint von Oetinger Taschenbuch

Sonderausgabe
1. Auflage 2016

Oetinger Taschenbuch GmbH, Hamburg
Mai 2016
Alle Rechte dieser Ausgabe vorbehalten
© Originalausgabe: **PINK** in der
Oetinger Taschenbuch GmbH, Hamburg 2014
© Umschlagmotiv und -gestaltung:
Hauptmann & Kompanie Werbeagentur, Zürich
Druck: GGP Media GmbH, Pößneck
ISBN 978-3-86430-056-1

FSC
www.fsc.org
MIX
Papier aus verantwortungsvollen Quellen
FSC® C014496

www.oetinger-taschenbuch.de

01

EWIG LANGE SOMMERFERIEN. Party am Strand. Die heiße Mittelmeersonne genießen. Cola mit frischer Zitrone und zerstampftem Eis an der Strandbar schlürfen. Dabei mit französischen Jungs flirten.

Charlotte rekelte sich in ihrem neuen Bikini und seufzte zufrieden. Noch cooler ging nicht. Ihre Freundin Marie lag neben ihr im Sand und verschlang die letzten Seiten eines Vampirromans. Sie zerkaute aufgeregt ihre Unterlippe. Weiter draußen im Wasser kreischten Kinder. Zwei Surfer ritten elegant über die Wellen ans Ufer und zogen ihre Bretter an Land. Sie unterhielten sich und deuteten mehrmals in Charlottes und Maries Richtung. Dann kamen die beiden Surfer direkt auf sie zu.

Oh no! Charlotte setzte sich ruckartig auf. Die Jungs vom Zeltplatz! Der eine mit den braunen schulterlangen Locken hatte sie heute Morgen total süß angelacht. Jetzt hatte er die Haare zu einem stylishen Zopf gebunden. Dieser Junge war ihr absoluter Traumtyp. Sie spürte, wie es überall auf ihrer Haut zu kribbeln begann. Erwartungsvoll schaute sie in sein braun gebranntes Gesicht. Der Junge strahlte sie an und streckte die Hand nach ihr aus. Charlotte stand mit Pudding in den Beinen auf. Seine knallblauen Augen warfen sie absolut um. Sie strauchelte. Der Junge war sofort bei ihr und fing sie im letzten Moment auf. Seufzend sank Charlotte in seine Arme und schloss glücklich die Augen.

Endlich verliebt! Sie hatte schon befürchtet, es würde nie passieren.

»CHARLOTTE! CHARLOTTE!!!«

Wie lustig. Seine Stimme kam ihr bereits so vertraut vor, also ob sie ihn schon ihr ganzes Leben lang kannte.

»Charlotte! Was ist los? Mach endlich die Augen auf.«

Charlotte schüttelte den Kopf. An seiner Brust zu liegen, war einfach zu schön. So konnte es eine Ewigkeit bleiben. Sie umklammerte ihn noch fester.

»Charlotte! Mann! Du drückst mir voll die Luft ab. Denk dran, ich kann Jiu-Jitsu«, rief der Junge.

In derselben Sekunde fühlte sie einen stechenden Schmerz in ihrem Arm.

»Ahhh«, schrie sie und riss die Augen auf. Ihr Traumboy war wie vom Erdboden verschluckt. Zusammen mit dem leuchtend blauen Mittelmeer und seinem weißen Strand. Auch von Marie weit und breit keine Spur. Stattdessen starrte sie in die erschrockenen braunen Augen von Metin.

»SAG MAL, BIST DU VÖLLIG BESCHEUERT?«, brüllte Charlotte los. »Du hast mir fast den Arm gebrochen, du Nerd.« Sie rieb sich ihren schmerzenden Ellbogen und jaulte auf, als sie dabei den Musikantenknochen berührte. Ihr schossen Tränen in die Augen.

»Sorry!«, sagte Metin. »Ich wusste nicht, wie ich dich sonst aus deinem Albtraum erlösen sollte, ohne dass du mir sämtliche Rippen brichst. Krass, du bist echt stark.« Er betastete seinen Brustkorb. »Wie bei Spiderman, echt unheimlich.«

Charlotte schwang ihre Beine über die Bettkante. »Du bist wirklich der unverschämteste Typ, den ich kenne. Ich hatte gerade den schönsten Traum meines Lebens. Das verzeihe ich dir nie, dass du mich wach gerüttelt hast. Und wieso latschst du einfach in meinem Zimmer herum? Bist du in unsere Wohnung eingebrochen? Ich hoffe, du hast eine richtig gute Ausrede!«

Metin strahlte sie an. »Ah, die Drama-Queen-Nummer. Ich liebe sie einfach.« Er duckte sich unter dem Kissen weg, das Charlotte nach ihm warf. »Ich sollte dich wecken, weil du den Laden machen musst. Deine Mutter hat euren Schlüssel bei meiner Schwester im Friseurgeschäft abgegeben. Im Gegensatz zu dir vertraut deine Mutter mir. Schließlich kenne ich dich jetzt schon fast fünfzehn Jahre.«

Charlotte nickte. »Oh ja. Fünfzehn Jahre. Das ist eindeutig zu lang. Und warum ist meine Mutter den ganzen Tag weg? Ich wollte später mit Papa und den Zwillingen ins Prinzenbad.«

»Sie hat den Taxijob gekriegt und kann sofort eine ganze Schicht fahren«, antwortete er. »Sie wollte dich nicht wecken.«

Charlotte sprang auf. »Wow! Das ist allerdings cool! Also muss sie die Prüfung nicht noch mal machen? Ihre Taxilizenz ist doch schon uralt.«

Metin schüttelte den Kopf. »Nee. Der Typ hat sich bequatschen lassen. Sind wohl ziemlich viele Fahrer in Urlaub.«

Charlotte suchte auf dem Fußboden ihre Klamotten zusammen. »Das ist die erste gute Nachricht in den Ferien. Warte auf mich. Ich bin gleich fertig.« Sie verschwand eilig ins Bad.

Seit ihre Eltern geschieden waren, lebte Charlotte mit ihrer Mutter alleine in der Kreuzberger Wohnung. Ihr Vater hatte jetzt eine neue Familie mit drei Stiefsöhnen und war in eine riesige Villa im Grunewald gezogen. Vor einem Jahr waren die Zwillinge Leander und Luis geboren worden, Charlottes Halbgeschwister. Charlotte fand die Winzlinge eigentlich ganz süß und war insgeheim sogar froh darüber, dass sie zwei Geschwister bekommen hatte. Auch mit Sabine, der neuen Frau ihres Vaters, verstand sie sich richtig gut. Sabine freute sich nämlich, dass sie neben ihren fünf Söhnen endlich eine Stieftochter hatte. Sabine war immer gut drauf, und Charlotte konnte mit ihr über alles reden, sogar über Jungs.

Ihrer Mutter erzählte Charlotte davon lieber nicht, sie wollte sie nicht noch trauriger machen. Sie hatte nämlich Charlottes Vater immer noch ziemlich gern.

Sooft es ging, spielte Charlotte Babysitter bei den Zwillingen, um ihr Taschengeld aufzubessern. Aber auch das sah ihre Mutter nicht so gerne. Ihr war es lieber, wenn

Charlotte in der Sandwich-Bar mithalf, die ihr gehörte. Die lief gerade gar nicht gut, und deshalb konnten sie sich auch keine bezahlte Aushilfe leisten.

Die Bar befand sich im selben Haus, in dem sie wohnten, und war früher eine Bäckerei gewesen, die Charlottes Großvater gehört hatte. Ihre Mutter hatte die Bäckerei zu einer gemütlichen Bar umbauen lassen, in der man Sandwiches essen und Kaffee trinken konnte. Aber nach der Scheidung war alles schiefgegangen, und die Stammgäste waren weggeblieben.

Jetzt stand die Bar kurz vor der Pleite, und ihre Mutter musste sich dringend nach einem weiteren Job umsehen. Bereits während ihres Studiums war sie Taxi gefahren. Das war nun ihre Rettung!

Als Charlotte mit der Zahnbürste in der Hand zurück in ihr Zimmer kam, stand Metin am Schreibtisch und studierte neugierig ihr Zeugnis.

»Oh Mann«, sagte er beeindruckt. »Das hast du dieses Jahr ganz schön vergeigt. Wieso hast du eine **Fünf** in Sport?«

Charlotte zuckte mit den Schultern. »Wir haben fast nur Geräteturnen gemacht, und ich leide unter Höhenangst. Stufenbarren und Schwebebalken und der ganze Mist jagen mir Todesangst ein. Da bin ich irgendwann einfach nicht mehr hingegangen. Ich habe echt keine Lust, solche Sachen ewig mit den Lehrern zu diskutieren. Dann bleibe ich lieber gleich weg. Ich bin nicht so der Typ für ewig lange Reden.« Sie grinste ihn ein wenig verlegen an. »Meine Eltern waren ein ganzes Jahr bei diesem Eheberatungs-Fuzzi, und am Ende hat Papa eine Großfamilie geheiratet. Aussprachen bringen nicht immer was.«

Metin nickte. »Ich weiß. War bei meinen Eltern genauso. Aber weshalb stehst du in Bio und Erdkunde auf Vier? Das ist doch nur Auswendiglernen. Was klappt denn da nicht?«

Charlotte verdrehte die Augen. »Fang du jetzt nicht auch noch an. Mama macht schon genug Stress. Das sind ausgerechnet die Fächer, die sie studiert hat. Hilf mir lieber beim Sandwichschmieren. Sonst können wir die Bude heute gleich dichtlassen.« Sie seufzte tief und betrachtete kritisch ihre blasse Haut im Spiegel.

Adieu, Mittelmeer. Nicht einmal für das Prinzenbad ist Zeit. Und der süße Franzose mit den blauen Augen wird wahrscheinlich für immer ein schöner Traum bleiben. So ein Mist.

Übermorgen hatte sie Geburtstag. Sie wurde fünfzehn. Und sie hatte sich fest vorgenommen, diesen besonderen Geburtstag an einem wunderschönen Strand in Frankreich zu verbringen. Stattdessen hing sie in einer muffigen Sandwich-Bar in Berlin Kreuzberg fest.

»Hast du schon was von Marie gehört?«, fragte Metin, als sie die Treppen hinunterliefen.

Charlotte schüttelte den Kopf. »Nee, nicht mal eine SMS.«

Marie hatte eine reiche Tante in Frankreich. Sie wohnte ganz in der Nähe von Nizza an der Côte d'Azur und hatte Marie und Charlotte für die Sommerferien zu sich eingeladen. **All-inclusive.**

Aber ihre Mutter ließ sich nicht erweichen, und ausnahmsweise war ihr Vater derselben Meinung. Ihre Mutter brauchte sie jetzt. Und in einer Familie musste man zusammenhalten, meinte er. Das sagte gerade der Richtige. Zum ersten Mal nach der Scheidung ihrer Eltern war Charlotte richtig sauer auf ihren Vater. Total ungerecht fand Charlotte alles. Ihre Eltern dachten wirklich nur an sich.

Sie kramte den Schlüssel für den Laden aus ihrer Hosentasche.

Vor der Eingangstür standen drei mit Lebensmitteln prall gefüllte Plastiktüten.

»Wer hat die denn abgestellt?«, fragte Charlotte verwundert.

»Die hab ich mitgebracht. Von zu Hause«, sagte Metin. »Ich glaube, deine Mutter hatte gar keine Zeit mehr, einzukaufen, und Sibel war erst gestern in der Metro und hat den halben Laden mit nach Hause gebracht. Das kriegen wir gar nicht alles auf, bevor es schlecht wird.« Er drehte den Kopf zur Seite, damit Charlotte nicht merkte, wie schlecht er flunkerte.

Metins Familie wohnte direkt nebenan. Er hatte fünf ältere Schwestern, die sahen alle so schön aus wie Schneewittchen. Seiner Mutter gehörte der Friseurladen im selben Haus. Sie war noch hübscher als ihre Töchter und hatte wunderschönes lockiges Haar, das ihr bis über die Hüften reichte. Metins Vater lebte wieder in der Türkei, aber seine Kinder besuchten ihn regelmäßig. Bei den Meleks waren die Vorratsschränke immer rappelvoll. Im Gegensatz dazu lachten Charlotte und ihre Mutter manchmal nur abgelaufene Joghurts und Fertigpizzas aus dem Kühlschrank an.

»Das ist so lieb von dir. Du bist der Beste«, sagte Charlotte gerührt. »Ich glaube, wir müssen erst mal Aufstriche zaubern, damit ich überhaupt was auf die Sandwiches schmieren kann. Wetten, ich habe recht?«

Sie drehte den Schlüssel im Schloss um und stieß die Tür auf.

02

DIE SANDWICH-BAR sah aus wie ein gemütliches Wohnzimmer, in dem man eine Weile nicht aufgeräumt hatte.

Tische und Stühle stammten noch aus der alten Bäckerei, auch die Theke aus dunklem Eichenholz und die Registrierkasse; man konnte sie öffnen, indem man an einer verschnörkelten Kurbel drehte. In der Ecke stand ein Sofa mit riesigen dunkelroten Rosen auf dem verschlissenen Bezugsstoff. Darüber hing ein Bücherregal, in das mehrere Dutzend abgegriffene Bücher sortiert waren.

»Puh, das mufft hier wieder …«, sagte Charlotte. Sie riss die Fenster weit auf und ließ die warme Sommerluft herein.

Gemeinsam rückten sie die Tische und Stühle zurecht, fegten den Laden in Windeseile durch, polierten die Vitrine, bis sich Charlotte darin spiegeln konnte, und wuschen das angetrocknete Geschirr ab, das Charlottes Mutter in der Spüle stehen gelassen hatte.

»Ich habe das Gefühl, Mama hat gar keine Lust mehr auf den Laden«, meinte Charlotte. »Sie ist doch sonst nicht so verpeilt. Das regt mich total auf.«

Sie begann, die Büschel Petersilie und den Knoblauch zu zerhacken, die Metin mitgebracht hatte, und bereitete einen deftigen Kräuterquark zu. Erwartungsvoll schmeckte sie den Quark mit Paprika ab. »Lecker«, sagte sie. »Probier mal!« Sie ließ ihn den Löffel abschlecken.

Metin nickte anerkennend. »Jetzt noch einen mit Kichererbsen«, sagte er. »Den macht meine Mutter immer.« Er öffnete eine Dose Kichererbsen, mengte Olivenöl, Zitrone und frische Minze darunter, zerkleinerte alles im Mixer und schmeckte mit Salz und Kreuzkümmel ab. Dann nahm er sich die Auberginen vor. Nach einer knappen Stunde war die Vitrine mit verlockenden Aufstrichen gefüllt.

Charlotte röstete zwei Scheiben Weißbrot im Sandwich-Toaster, bestrich sie mit dem Kichererbsenaufstrich und schnitt sie zum Probieren in kleine Häppchen.

»Hoffentlich kommt heute überhaupt jemand«, sagte sie und ließ die Eingangstür weit offen. »Die meisten Leute trinken ihren Kaffee bei so einem Wetter doch lieber draußen.«

»Wieso stellen wir die Tische nicht einfach raus?«, schlug Metin vor.

»Mama hat vergessen, die Straßenlizenz zu verlängern. Deshalb dürfen wir in diesem Sommer keine Stühle vor der Bar aufstellen.«

Charlotte setzte sich auf die Eingangsstufen und schloss genervt die Augen.

Metin schaltete den Samowar ein und bereitete einen starken türkischen Teesud. Er goss zwei Teegläser randvoll und setzte sich mit den Kichererbsen-Häppchen neben Charlotte auf die Stufen.

»Iss mal«, forderte er sie auf. »Du hattest ja nicht mal Frühstück heute.« Er stellte den Teller zwischen sie und verschlang drei Stück hintereinander. »Was genau hast du denn eigentlich geträumt in deinem Albtraum, der gar keiner war?«

Charlotte holte tief Luft und schaute sehnsuchtsvoll in den wolkenlosen blauen Himmel über den Dächern von Kreuzberg. »Ach, das ist zu kompliziert. Kann ich dir nicht erklären. Und ist im Grunde auch ganz egal. Träume werden sowieso niemals wahr.«

Leider behielt Charlotte recht, was die Sandwich-Bar betraf. Nur eine Handvoll Gäste verirrte sich an diesem heißen Sommertag zu ihnen. Drei davon nahmen nur einen Coffee to go mit. Ein Fahrradkurier kaufte schließlich die komplette Schale Kichererbsenaufstrich für eine Fete und füllte seine Thermoskanne mit Zitronentee.

»Ich stelle dich als **Chef de Cuisine** ein«, witzelte Charlotte, als sie die Aufstriche in Frischhaltedosen füllte und sorgsam im Kühlschrank verstaute.

Sie zählte das eingenommene Geld. »Achtundzwanzig Euro und fünfzig Cent. Davon sind zwei Euro Trinkgeld.« Sie steckte die zwei Euro in ein Sparschwein. »Wenn es weiter so abwärtsgeht, ist es billiger, wenn wir die Bar für drei Wochen dichtmachen. Dann könnte ich doch noch zu Marie nach Frankreich fahren.«

Ja, genau. Das war die beste Lösung für alle. Die

wollte sie ihrer Mutter gleich heute Abend schmackhaft machen. Drei Wochen Betriebsferien. Inzwischen würde sich Charlotte von der stressigen Schule erholen und voll entspannt an einem französischen Strand chillen und mehr, während ihre Mutter nach Lust und Laune Doppelschichten einfahren konnte, um ihr überzogenes Bankkonto wieder auf null zu bringen und die ausstehenden Rechnungen zu bezahlen.

»Was sagst du dazu?«, fragte sie Metin.

»Keine Meinung. Musst du selber wissen«, murmelte Metin vor sich hin.

Charlotte runzelte die Stirn. »Wie? Freust du dich gar nicht für mich? Das wäre doch toll. Ist ja nicht jeder so ein Ferienmuffel wie du. Man sagt schließlich nicht umsonst **Leben wie Gott in Frankreich**. Glaub mir, das Mittelmeer ist echt cool.«

Metin zuckte mit den Schultern. »Möglich. Ich könnte meine Mutter ja fragen, ob ich mit dir mitfahren kann. Türkei fällt diesen Sommer nämlich aus. Sibels Hochzeit ist zu teuer.«

Charlotte fuhr schockiert herum. »AUF GAR KEINEN FALL! Das ist ein Mädchen-Urlaub. No Jungs ...«

Metin grinste. »Jetzt hast du einen echten Schrecken gekriegt, oder? Glaubst du, ich bin irre und fahre mit dir nach Frankreich? Außerdem bin ich immer noch Muslim, auch wenn ich nicht ständig in die Moschee gehe. Nach einem gemeinsamen Urlaub müsste ich dich wahrscheinlich heiraten, zumindest wenn meine Oma davon wüsste.« Er wurde rot.

Charlotte kicherte. »Wie süß. Dann müsste ich aber vorher noch schnell einen Bauchtanzkurs belegen, damit ich in eure Familie passe.«

Metin schlug die Hände vor sein Gesicht. »Charlotte, du bist echt unmöglich. Das sind doch alles Klischees. Nicht auszuhalten. Warum bist du eigentlich meine beste Freundin …« Er guckte zwischen seinen Fingern hindurch.

»Weil es sonst niemand mit dir aushält«, erwiderte Charlotte und grinste.

»Nein, umgekehrt«, sagte Metin. »Andere Mädchen hängen mit fünfzehn schon längst knutschend mit Jungs im Kino ab. Interessiert sich wohl keiner für dich?«

Charlotte schluckte. Metin hatte einen wunden Punkt getroffen.

»Das geht dich gar nichts an«, fauchte sie. »Manchmal solltest du eine Tausendstelsekunde nachdenken, bevor du solchen Müll redest.« Sie funkelte ihn böse an.

Metin wich erschrocken zurück. »'tschuldigung«, sagte er und hob die Arme. »Wir machen doch beide nur Spaß.«

Charlotte drehte sich weg. »Sehr witzig. Auf meine Kosten. Ich lache mich immer noch tot.«

Sie drehte das Licht ab, zog die Geldlade aus der Kasse und ging zur Ladentür. Ungeduldig wippte sie mit dem Fuß hin und her. »Ich schließ jetzt ab. Willst du hier anwachsen?«

Metin bewegte sich nicht vom Fleck. »Ich hab Karten für die Hasenheide geholt … Freiluftkino. Mit Liegestühlen und so. Die Getränke sind heute frei«, sagte er. Er sah sie unsicher an.

»Schön für dich«, sagte Charlotte. »Viel Spaß. Bestimmt wirst du dort noch ein paar von deinen coolen Sprüchen los. Hängen ja genug Mädchen rum, wie du schon sagst.«

Metin trabte unglücklich auf den Bürgersteig. »Hör mal, Charlotte …«

»Schon okay«, sagte sie abweisend. »Wir sehen uns. Ich sag dir rechtzeitig Bescheid, bevor ich nach Frankreich fahre. Dort gibt es ja auch Kinos.«

Sie verschwand grußlos im Treppenhaus.

»… und dein Geburtstag? Was ist denn mit deinem Geburtstag übermorgen?«, rief er Charlotte hinterher. Er horchte in den Flur hinein. »Charlotte?«

Keine Antwort.

»Charlotte!« Als immer noch keine Antwort kam, ging er schließlich.

Aufatmend warf Charlotte die Wohnungstür ins Schloss und drückte ihr heißes Gesicht gegen das kühle Holz. Gerade ging ihr Metin unheimlich auf die Nerven. Was bildet sich dieser Typ eigentlich ein? Es ging ihn wirklich nichts an, wo und mit wem Charlotte beschloss, herumzuknutschen. Besser gesagt, wann sie sich endlich verlieben würde.

Plötzlich vermisste sie Marie ganz schrecklich. Erschöpft warf sie sich auf das Sofa und schnappte sich die Fernbedienung vom Fernseher. Müde zappte sie sich durch das Vorabendprogramm.

Auf einem privaten Kanal lief ein bekannter französischer Film aus den Achtzigern. *La Boum – Die Fete.* Der Film spielte ausgerechnet in Frankreich. Charlotte fiel ein, dass ihre Mutter mal davon erzählt hatte. War tatsächlich ganz lustig, die Story. Zumindest schien das Mädchen in diesem Film dasselbe Problem zu haben wie Charlotte. Sie wollte sich unbedingt verlieben, fand aber nicht den richtigen Typen dafür.

Neugierig verfolgte Charlotte, was das Mädchen alles dafür anstellte. Sie hatte Charlotte gegenüber allerdings einen entscheidenden Vorteil: Ihre Großmutter war ihre Verbündete. Tja, so ein Glück hatte Charlotte leider nicht. Sie musste sich ganz alleine um alles kümmern. Und sich noch dumme Sprüche anhören. Wenn sie an Metin dachte, wurde sie gleich wieder sauer.

In diesem Moment ging die Wohnungstür. »Hallo, mein Schatz!«, rief ihre Mutter aus dem Flur. Charlotte lief ihr entgegen und umarmte sie.

»Wie war deine erste Tour, Mama?«, fragte sie gespannt.

»Anstrengend«, antwortete ihre Mutter und ließ sich erschöpft in den Fernsehsessel fallen. Sie warf einen kurzen Blick auf den Bildschirm. »Ah, *La Boum*«, sagte sie. »Toller Film. Aber ich bin sogar zum Fernsehen zu müde. Echt hart, nach so vielen Jahren wieder in der Droschke zu sitzen.«

»Droschke?«, wiederholte Charlotte. »Ich denke, du fährst Taxi.«

Ihre Mutter lachte. »Das ist so ein Insider-Wort für Taxi. Die Zeiten haben sich ziemlich geändert. Gut, dass es Navis gibt. Meine Kunden waren alle sehr nett, bis auf einen Typen, dem es nicht schnell genug gehen konnte und der wollte, dass ich über eine rote Ampel fahre. Aber die Kollegen stressen. Die kämpfen um jede Fuhre.« Sie nahm Charlottes Hände und zog ihre Tochter an sich. »Ich bin so froh, dass du den Laden schmeißt. Ich war gerade noch schnell gucken, ist ja alles tipptopp. Und die Aufstriche sind einfach köstlich. Wenn ich erst mal eine Weile auf Tour bin, gehen wir zwei richtig schön shoppen, ohne jeden Cent dabei umzudrehen. Versprochen, meine Süße.«

Charlotte atmete tief durch. »Das musst du gar nicht, Mama. Ich habe eine viel bessere Idee. Hör zu. Jetzt in den Ferien kommen doch kaum Leute, die sitzen lieber draußen oder in Gartencafés. Außer ein paar Flaschen Wasser und zwei, drei Sandwiches verkaufen wir praktisch nichts. Da ist es doch viel schlauer, wir machen gleich drei Wochen zu und legen dann wieder im Herbst voll los. Dann kann ich wie abgemacht nach Frankreich fahren, und du hast deine Ruhe. Super Idee, oder?«

Sie sah ihre Mutter erwartungsvoll an.

Für einen Augenblick sagte niemand ein Wort. Dann holte ihre Mutter Luft. »**Auf gar keinen Fall.** Sei doch nicht so unvernünftig, Charlotte. Wenn ich den Laden jetzt schließe, dann kann ich gleich aufgeben. Ich grüble schon eine ganze Weile über ein neues Konzept für die Bar. Ich will nicht meine letzten Stammkunden verlieren. Ich bin enttäuscht, dass du so egoistisch bist.«

Charlotte sprang auf. »WIESO BIN ICH EGOISTISCH? Du bist doch genauso egoistisch, Mama. Ich brauche meine Ferien einfach, weil die Schule mich total stresst. Und ich habe mich so auf Frankreich gefreut. Und Stammgäste hast du sowieso keine mehr. Die hast du selber vergrault, weil du dich nach der Scheidung viel zu lange nicht um die Bar gekümmert hast – sagt Papa.«

Charlottes Mutter wurde blass. »SO, SAGT DAS DEIN VATER? Das ist ja wirklich sehr nett von ihm, mich bei meiner eigenen Tochter schlechtzumachen.« Ihre Stimme wurde ganz schrill vor Empörung.

»TUT ER GAR NICHT!«, brüllte Charlotte zurück. »Er macht sich einfach Sorgen um mich. Weil ich ein mieses Zeugnis habe und trotzdem so viel im Laden bin. Und zu wenig Freizeit habe.« Sie bemühte sich, nicht zu heulen, und hielt die Luft an.

»Ha!«, sagte ihre Mutter heiser. »Die schlechten Noten hast du nur, weil du faul bist. Und verantwortungslos. Sonst hättest du Sport nicht das ganze Schuljahr geschwänzt. Du tust ja gerade so, als würde ich dich einsperren. War dein lieber Vater schon auf dem Jugendamt und hat mich wegen Kinderarbeit angeschwärzt?«

Das war wirklich zu viel. Charlotte begann zu zittern. »Du bist echt total gemein«, schluchzte sie und flüchtete sich in ihr Zimmer. Dort warf sie sich auf das Bett und weinte in ihr Kissen.

Es dauerte eine ganze Weile, bis sie sich beruhigte. Der Kopf tat ihr höllisch weh, und ihre Augen brannten wie Feuer. Sie setzte sich auf und starrte vor sich hin. Ja, es war fies, ihrer Mutter unter die Nase zu reiben, was Papa von der Bar hielt. Aber Mama war genauso ungerecht zu ihr gewesen. In diesem Moment ging die Tür so leise auf, dass Charlotte es erst bemerkte, als ihre Mutter im Schlafshirt vor ihr stand. Sie hatte ganz rote Augen.

»Es tut mir so leid, Charlotte«, sagte sie mit einer ganz kleinen Stimme. »Ich hab richtig viel dummes Zeug geredet. Aber wenn dein Vater etwas Doofes über mich sagt, flippe ich immer noch völlig aus. Ich weiß, es stimmt nicht, dass du unzuverlässig bist. Du machst das mit der Bar so toll. Ich bin dir sehr, sehr dankbar. Und dass du in der Schule schlechter geworden bist, ist sicher auch meine Schuld. Weil ich mich nicht ausreichend um die kümmere. Ich verspreche dir, dass wir ab jetzt jeden Tag eine Stunde üben, okay?« Sie setzte sich neben Charlotte auf die Bettdecke.

»Oh nein, Mama. Bloß nicht«, stöhnte Charlotte. »Ich schaff das alleine. Ich nehme mir den Erdkundeordner einfach mit in die Bar. Kommt ja eh keiner.« Sie schlug sich auf den Mund. »'tschuldigung«, sagte sie kläglich. »Hab's nicht so gemeint.«

»Weiß ich doch, mein Lottilein. Ich hab dich doch so lieb«, flüsterte ihre Mutter und nahm ihre Tochter ganz fest in ihren Arm. So saßen die beiden eine halbe Ewigkeit. Schließlich kroch ihre Mutter zu Charlotte unter die Decke, und sie schliefen eng aneinandergekuschelt in derselben Minute ein.

03

ALS CHARLOTTE am nächsten Morgen aufwachte, war es schon fast Mittag.

»Mist! Verschlafen!« Hastig fuhr sie in ihre Jeans und rannte in die Küche, um wenigstens schnell ein Glas Saft zu trinken. Der Küchentisch war üppig gedeckt mit allem, was man für ein leckeres Frühstück brauchte. Sogar frische Brötchen gab es und Charlottes Lieblingsmarmelade mit ganzen Himbeeren. Auf dem Frühstücksbrettchen lag ein Brief an sie.

Meine Süße,
lass es Dir gut schmecken und schlag Dir richtig den Bauch voll. Ich bleibe heute alleine in der Bar, Du brauchst Dich um nichts zu kümmern. Mach Dir also einen schönen Tag und nimm Dir die zwanzig Euro aus der Haushaltskasse für das Schwimmbad oder geh mit Metin ins Kino. In der Hasenheide haben sie jetzt sogar Liegestühle fürs Kino aufgestellt. Warte nicht auf mich. Ich fahre später die Nachtschicht Taxi. Ich hab Dich doll lieb und denke an Dich.
Deine Mama

Charlotte ließ sich überwältigt auf den Stuhl sinken. Das war ja wirklich total süß von ihrer Mutter. Gleichzeitig fühlte sie sich erleichtert. Der Streit war ihr ziemlich in die Knochen gefahren. Stress mit ihren Eltern machte sie immer völlig fertig, besonders seit sie geschieden waren.

Normalerweise hätte sie Metin angerufen und ihn eingeladen, mit ihr zu frühstücken. Aber nach gestern hatte sie dazu wenig Lust. Und auf Kino mit ihm noch weniger.

Sie schmierte sich ein Brötchen mit fingerdick Marmelade und goss sich einen Becher Kakao ein. Ihre Mutter hatte ihn in die Thermoskanne gegossen, und so war er sogar noch heiß. Dummerweise war sie schon nach dem zweiten Brötchen so gut wie satt. Dabei hatte ihre Mutter sogar Bärchen-Salami gekauft. Die hatte Charlotte als kleines Mädchen gerne gegessen. Ihre Mutter war wirklich die Allerbeste.

Ich könnte Sabine anrufen, dachte sie. Vielleicht hat sie Lust, mit mir schwimmen zu gehen.

Aber das war ihrer Mutter bestimmt nicht recht. Also lieber nicht.

In diesem Moment klingelte es. Metin! Nee, mein Lieber. Darauf kannst du lange warten. Sie blieb sitzen und nippte in kleinen Schlucken an ihrem Kakao.

Es klingelte erneut.

Bin nicht da. Sie kicherte leise. Ich bin gerade im Kino und knutsch da wild rum. Sie schüttelte den Kopf. Was denke ich denn für einen Blödsinn? Echt bescheuert, dass ich mir darüber überhaupt Gedanken mache.

Jetzt klingelte es Sturm.

Na gut. Du willst es nicht anders.

Sie rannte zur Gegensprechanlage. »HAU AB!«, brüllte sie in den Lautsprecher. »Ich bin nicht da. Peilst du das nicht?«

Es knackte heftig. Wahrscheinlich knirschte Metin gerade vor Wut mit den Zähnen.

»Post für Frau Charlotte Richter«, knarzte es durch die Anlage. »Aus Frankreich. Nehmen Sie die Sendung entgegen?«

»Klar!«, rief Charlotte. »Ich komm runter.« Sie lief barfuß ins Treppenhaus und hetzte die Stufen hinunter. Außer Atem riss sie die Eingangstür auf. Ein bärtiger Briefträger starrte sie neugierig an. Er hielt einen dicken braunen Umschlag in der Hand. »Charlotte Richter? Können Sie sich ausweisen?«

Charlotte schüttelte den Kopf. »Nein, aber ich bin es hundertprozentig.«

Der Briefträger schien nicht ganz davon überzeugt zu sein. »Auf dem Brief steht, bitte nur persönlich aushändigen und sehr lange klingeln. Empfängerin hat Ferien und schläft aus.«

Charlotte streckte verlangend die Hand aus. »Was wollen Sie denn noch? Passt doch alles. Ich habe Ferien, ich habe heute bis zwölf geschlafen, Sie haben ewig lange geklingelt, und ich bin es selber.«

Der Postbote grinste. »Stimmt. Also dann …« Er überreichte ihr den Brief.

»Vielen Dank!« Charlotte strahlte ihn an. »Und einen schönen Tag noch!«

Sie rannte zurück in die Wohnung. Der Brief war von Marie. Endlich! Über der Adresse stand in fetten Buchstaben:

Für das Geburtstagskind Charlotte

Wie cool. Charlotte hielt den Brief an ihr Ohr und schüttelte ihn vorsichtig. Bis auf ein leises Rascheln war nichts zu hören, was den Inhalt des Umschlags verriet. Ob ich ihn schon mal aufmache? Nee, das ist ja total doof. Ich hab ja erst morgen Geburtstag.

Sie brachte den Brief in ihr Zimmer und legte ihn aufs Bett. Nach einem erneuten Blick darauf lief sie zurück in die Küche und räumte auf. Unschlüssig überlegte sie, was sie mit ihrem freien Tag anfangen sollte. Alle ihre Freunde waren in den Urlaub gefahren. Außer Metin natürlich. Alleine ins Schwimmbad zu gehen, war ziemlich doof. Aber hier wie angewachsen in der Bude herumzusitzen, war genauso doof. Sie schaltete den Fernseher ein. Dort kämpfte Garfield gerade gegen ein paar gigantische Löffel, die ihn in eine heiße Tomatensuppe werfen wollten. Das war doch kein Nachmittagsprogramm für kleine Kinder. Sie schaltete aus. »Ich habe aber Lust auf Schwimmbad«, sagte sie zu sich selber. »Und deshalb gehe ich auch schwimmen. Fertig, aus.«

Sie holte ihren Badeanzug aus dem Schrank und packte ein Badetuch und Duschzeug in ihre Sporttasche. Den Bikini ließ sie heute lieber zu Hause. Sie schrieb ihrer Mutter eine Nachricht auf die Schiefertafel in der Küche: **Bin im**

Prinzenbad. Kuss Lotti, und nahm sich die zwanzig Euro aus der Haushaltskasse. Das Geld steckte sie in ihr Portemonnaie, zusammen mit ihrem Schülerausweis.

Als sie auf die Straße trat, waberte ihr heiße Sommerluft entgegen. Eine kleine Abkühlung würde ihr sicher guttun. Sie holte das Fahrrad aus dem Hinterhof und schwang sich auf den Sattel. Sie warf einen kurzen Blick nach oben in die vierte Etage zu Familie Melek. Für einen Moment hatte sie das Gefühl, Metin über den langen Balkon huschen zu sehen. Aber das war sicher nur Einbildung. Schnell radelte sie los.

Am Kottbusser Tor musste sie von ihrem Rad absteigen, weil eine Gruppe Punks es sich mitten im Kreisverkehr gemütlich gemacht hatte und dort picknickte. Sie mampften in aller Seelenruhe Apfelkuchen und tranken Cola aus Pappbechern. Einer klimperte *Summer in the City* auf der Gitarre. Gerade rückte eine Polizeiwanne an. Ein Punk, der aussah wie Willi aus *Biene Maja*, bot dem Fahrer des Wagens ein Stück Kuchen an. Der Polizist probierte einen Bissen und nickte anerkennend. Er holte eine Thermoskanne hervor und schenkte dem Punk eine Tasse Kaffee ein. »Mit Milch und Zucker?«, fragte er gerade freundlich, als Charlotte ihr Rad an ihnen vorbeischob.

Der Punk zwinkerte Charlotte zu. »Na, Süße. Auch mal knabbern?« Charlotte schüttelte den Kopf. Die Punks lachten. Schnell stieg sie auf und radelte ohne weiteren Zwischenfall weiter zum Prinzenbad, sicherte ihr Fahrrad und schob sich durch die Sperre.

Der Lieblingsplatz von Charlotte und ihrer Freundin

Marie befand sich direkt neben der Wasserrutsche. Von dort hatte man nämlich den besten Blick. Aber ohne Marie kam sich Charlotte merkwürdig verloren vor. Sie saß ein Stück von der Rutsche entfernt und guckte zu, wie die Kinder johlend ins Wasser glitten. Die meisten von ihnen waren sehr viel jünger. Schließlich entdeckte sie zwei Mädchen aus der achten Klasse, die die ganze Zeit kicherten und sich von ein paar Jungs ins Wasser schubsen ließen. Charlotte stand auf. Entschlossen kletterte sie die Sprossen hoch, um wenigstens ein Mal ins Wasser zu tauchen.

Ist doch lächerlich. Wovor habe ich denn Angst? Immerhin werde ich morgen fünfzehn.

»Hi, bist du nicht Charlie?« Zwei Jungen aus der Zehnten tauchten plötzlich direkt neben ihr auf der Rutsche auf. Charlotte kannte die beiden vom Sehen. Sie hießen Ferdinand und Paul. Obwohl sie bestimmt nicht älter als sechzehn waren, überragten sie Charlotte um gut einen Kopf.

»Wo ist denn deine Freundin mit dem blonden Pferdeschwanz?«, fragte Ferdinand und sah sich suchend nach Marie um.

»Lust auf eine Cola?« Paul grinste sie an. »Heute Abend steigt 'ne Gartenparty bei Ferdinand. Kommst du vorbei? Wäre cool.«

Charlotte starrte die beiden überrumpelt an und sagte nichts.

»Hey, Charlie! Was ist? Hast du die Sprache verloren?« Ferdinand lachte. Er zwinkerte Paul zu. »Komm, Kumpel. Wir nehmen die Kleine in die Mitte und rutschen zusammen.« Er ergriff Charlottes Arm.

»FINGER WEG!«, rief Charlotte heftiger als beabsichtigt und wischte seine Hand weg. »Und außerdem heiße ich Charlotte, nicht Charlie.«

Die beiden Jungen schauten sie überrascht an. »Du bist ja 'ne richtige Zicke«, sagte Ferdinand. »Dann eben nicht.«

Hinter ihnen tauchte ein Mädchen aus der zehnten Klasse auf. »Bist du okay?«, fragte sie.

Charlotte drehte sich verlegen um. »Danke. Alles klar.«

Ferdinand und Paul sprangen hintereinander auf die Rutsche und schossen bäuchlings abwärts.

»Mach dir nichts draus.« Das Mädchen lächelte. »Die Typen sind total harmlos. Die haben nur 'ne große Klappe.«

Charlotte kam sich plötzlich ganz schön albern vor. »Danke«, sagte sie und rutschte los.

Als sie aus dem Becken kletterte, musste sie an Ferdinand und Paul vorbei. Die beiden würdigten sie keines Blickes, sondern redeten bereits mit zwei anderen Mädchen.

»Bei Ferdinand steigt heute Abend 'ne tolle Party«, hörte sie Paul gerade sagen.

»Oh, das ist ja cool«, riefen die Mädchen. »Schreibst du uns deine Adresse auf, Ferdi?«

Charlotte konnte sich ein Grinsen nicht verkneifen. Das waren ja die richtigen Tussis für die beiden Spinner. Davon musste sie unbedingt Marie erzählen, wenn sie wieder in Berlin war. Charlotte sah wieder den braunen Umschlag vor sich. Sie guckte auf die große Schwimmbaduhr über dem Eingang. Jetzt dauerte es nicht mehr lange, bis sie Geburtstag hatte. Sie grinste. Eigentlich konnte sie jetzt auch langsam damit anfangen, Maries Geschenk auszupacken.

04

PLÖTZLICH KONNTE CHARLOTTE es gar nicht mehr erwarten. Sie radelte in Höchstgeschwindigkeit nach Hause und stürmte nach oben in ihre Wohnung. Feierlich legte sie Maries Brief auf den Küchentisch. »**Happy Birthday, Charlotte**«, sagte sie, während sie den Brief vorsichtig mit der Papierschere aufschlitzte. Zwei Hände voll weißer Sand rieselten heraus. Als Nächstes flatterte ein winziger Kassenbon auf den Fußboden. Charlotte hob ihn auf und las neugierig:

Café de Nice: 2 café au lait, 2 croissant nature, 1 bouteille d'eau – 9 Euro 50.

Zwei Milchkaffee, zwei Croissants und eine Flasche Wasser für 9,50. Billig war es in Nizza nicht gerade. Aber dafür konnte man beim Kaffeetrinken über das Mittelmeer gucken. Sie seufzte. Dann zog sie eine mit dem Eiffelturm bedruckte Serviette heraus, in die etwas Weiches eingewickelt war. Vorsichtig faltete Charlotte die Serviette auseinander und lachte los.

Ein Croissant!

Schon ein wenig zerquetscht, aber – sie probierte eine Ecke – immer noch superlecker.

Da war noch etwas im Umschlag. Sie fummelte einen Fotostreifen heraus, der aus einem Passbild-Automaten stammte.

»Ach, Marie. Du bist herrlich!«, rief Charlotte begeistert.

Auf dem obersten Foto trug Marie ein blau-weiß gestreiftes Matrosenshirt und lachte zuckersüß in die Kamera. Auf dem nächsten Foto hatte sie sich auf ihre linke Wange mit Lippenstift ein rotes Herz gemalt. Auf dem dritten Foto entdeckte Charlotte auf Maries rechter Wange ein großes **C + M**. Und in der Hand hielt ihre Freundin einen Zettel, auf dem stand: **Happy Birthday!** Auf dem vierten und letzten Foto formte Marie mit ihren Händen ein Herz in die Kamera.

Charlotte hüpfte vor Freude wie ein Känguru durch die Küche. Marie war wirklich die liebste und beste Freundin auf dem ganzen Planeten. Immer wieder guckte Charlotte sich den Fotostreifen an. Plötzlich fiel ihr etwas auf: Auf dem letzten Foto war ja noch eine dritte Hand zu sehen! Genauer gesagt, eine Handfläche. Die hatte Charlotte bislang völlig übersehen. Irgendetwas stand darauf. Aber leider war es mit bloßem Auge kaum zu lesen. Mist!

Fieberhaft durchwühlte Charlotte die Küchenschubladen nach der Lupe. Schließlich fand sie sie im Nähkorb. **»Bise ... de ... Marc«,** buchstabierte sie laut. Schockiert ließ sie die Lupe sinken. **Bise de Marc.** In Französisch hatte Charlotte in diesem Jahr sogar eine Drei geschafft. **Bise de Marc** hieß übersetzt **Küsschen von Marc**. Daran bestand kein Zweifel.

Wer um alles in der Welt ist Marc?

Sie steckte ihre Hand tief in den braunen Umschlag und tastete das Innere nach weiteren Überraschungen ab. Tatsächlich! Eine Glückwunschkarte mit einem aufgeklebten französischen Kaugummi mit Lakritzgeschmack hatte Charlotte noch übersehen. Sie wickelte das Kaugummi aus dem Papier und steckte es sich in den Mund. Lecker! Neugierig begann sie zu lesen.

Meine süße Charlotte!

Total liebste bises zu Deinem fünfzehnten Geburtstag! Hier am Mittelmeer ist es obermegacool. Ich chille den ganzen Tag am Strand. Zwischendrin bade ich im Meer.

Ein paar nette Typen hängen hier auch ab. Die surfen, was das Zeug hält. Ich habe es auch schon probiert und wäre dabei fast von einer Feuerqualle erwischt worden. Aber so ein netter Franzose hat mich gerettet. Er heißt Marc und hat den ganzen Kopf voller Locken. Eigentlich ganz süß (lach). Wäre auch dein Typ, glaube ich. Besonders die verdammt knallblauen Augen.

Tja, mein Schatz. C'est la vie, wie der Franzose sagt. Grüße an deine Mama und die Metinpfeife ☻. Und lass Dir das Kaugummi schmecken. Hat Dir Marc spendiert.

Deine beste Freundin Marie.

PS: Und feiere nicht zu wild … ich bin heute Abend bestimmt wieder am Strand und stoße mit einer Cola Lemon auf Dich an.

Charlotte starrte völlig überrascht auf die Karte. Das kann doch nicht wahr sein! Sie spuckte das Kaugummi in den Abfalleimer und fegte den Rest dazu. Nur die Passbilder behielt sie, nachdem sie das letzte Foto sorgfältig mit der Schere abgetrennt und ebenfalls im Müll versenkt hatte. Marie hatte also einen Jungen kennengelernt und war in ihn verknallt. Das war so klar wie irgendetwas. Und das Verrückte war, dass dieser Marc fast so auszusehen schien wie der Junge aus ihrem Traum von letzter Nacht. Das Leben war manchmal wirklich gemein. Wer weiß, wie lange Charlotte einfach vor sich hin geglotzt hätte, wenn es nicht an der Tür geklingelt hätte. Im Schneckentempo schlich sie zur Sprechanlage.

»Ja bitte.« Ihre Stimme klang heiser, als ob sie eine schwere Erkältung hätte. Niemand antwortete. Für einen irren Augenblick stellte sie sich vor, dass Marie sich nur einen echt doofen Scherz erlaubt hatte und als Überraschungsgast vor ihrer Tür stand.

»Hallo!«, rief sie erneut in den Lautsprecher. Charlotte schüttelte enttäuscht den Kopf. Bestimmt nur so ein bekloppter Klingelstreich. Im selben Moment summte ihr Handy. Ihr Herz begann zu klopfen. Aber es war nur Metin.

Heute um Mitternacht auf dem Dachboden. Bitte sei pünktlich. Metin

Hä? Dreht der Junge jetzt total ab?

Schnell wählte Charlotte seine Nummer. Sofort war die Mailbox dran. Charlotte ging in ihr Zimmer und warf sich aufs Bett. Erschöpft schloss sie die Augen und versuchte, einfach eine ganze Weile an gar nichts zu denken. Das gelang ihr sogar überraschend gut. Nach fünf Minuten war sie tief und fest eingeschlafen.

Als Charlotte aufwachte, war es bereits dunkel. Verwirrt schreckte sie hoch. Wie lange hatte sie denn geschlafen? Einen Moment lang dachte sie, dass sie sogar ihren Geburtstag verschlafen hätte. Erleichtert stellte sie fest, dass es erst kurz nach elf war. Also noch eine Dreiviertelstunde bis Mitternacht. Müde rieb sie sich die Augen und sortierte ihre Gedanken.

In den letzten zwei Tagen waren wirklich ziemlich verrückte Dinge passiert. Alles hatte mit diesem wunderschönen Traum begonnen. Und vierundzwanzig Stunden später feierte ihre beste Freundin mit einem Jungen, der direkt aus diesem Traum zu kommen schien, ausgelassen Partys am Strand von Nizza. Und Charlotte saß wie ein Häufchen Elend auf ihrer Bettkante und wartete ganz alleine darauf, dass sie fünfzehn Jahre alt wurde.

Sie hatte große Lust, einfach in ihren Geburtstag hineinzuheulen. Angestrengt kniff sie die Augen zusammen und quetschte sich eine Träne heraus. Und noch eine. Na bitte. Ging doch.

Ihr Handy summte.

Vergiss unsere Verabredung nicht. In zwanzig Minuten.

Charlotte wählte Metins Nummer. Schon wieder nur die Mailbox. Der tickte doch nicht ganz richtig. Ärgerlich warf sie ihr Handy auf den Fußboden.

Das Handy summte schon wieder.

Ist echt ernst gemeint. Bis gleich.

Plötzlich kippte Charlottes Stimmung. Sie war total neugierig, was Metin vorhatte. Sie rannte ins Badezimmer und hielt ihr verheultes Gesicht unter den kalten Wasserhahn. Wenn du mich verarschst, Metin, dann kriegst du so dermaßen Stress mit mir! Sie blickte in den Spiegel und übte ein paar richtig wütende Gesichtsausdrücke. Für alle Fälle.

Spontan beschloss sie, sich umzuziehen. Schließlich hatte sie gleich Geburtstag. Sabine hatte ihr ein echt süßes rotes Shirt geschenkt, mit schwarzen Shorts. Sie öffnete die Fensterflügel.

Draußen hatte es immer noch über zwanzig Grad. Tropisch warme Luft waberte in ihr Zimmer. Fast wie am Mittelmeer. Ich muss gar nicht bis nach Frankreich fahren. Hier ist es genauso cool, dachte Charlotte.

Fünf vor zwölf war sie mit ihrem Styling fertig.

»Okay, Metin«, sagte sie. »Ich komme.«

05

MIT KLOPFENDEM HERZEN schlich sie sich durch das Treppenhaus hinauf bis unter das Dach in den fünften Stock. Weiter oben funktionierte die Deckenbeleuchtung nicht, und sie musste sich in der Dunkelheit am Geländer entlang hochtasten. Mist. Für solche Fälle sollte man immer eine Taschenlampe dabeihaben.

Es war schon eine halbe Ewigkeit her, dass Charlotte auf dem Dachboden gewesen war. An dem Tag, an dem sich ihre Eltern scheiden ließen, hatte Charlotte einen Ort gesucht, an dem sie alleine sein konnte und an dem sie niemand fand. Zu ihrer eigenen Überraschung hatte sie gar keine Angst gehabt. Im Gegenteil. Sie hatte sich wohlgefühlt zwischen dem ganzen alten Gerümpel, irgendwie geborgen und nicht so allein. Plötzlich war Metin aufgetaucht. Er hatte sie gar nicht erst gefragt, warum sie da war. Stattdessen sagte er: »Warst du schon oben auf dem Dach? Von dort kann man bei gutem Wetter sogar den Alex sehen.«

Er hatte eine ausziehbare Leiter heruntergelassen und war vorausgeklettert. Obwohl Charlotte um Leitern sonst lieber einen großen Bogen machte, war sie ihm tapfer gefolgt. War sowieso alles egal. Auf dem Flachdach war es noch heiß vom Tag gewesen, und Charlotte hatte über die vielen Schornsteine gestaunt. Sie hatte den Alex entdeckt, und dann hatten sie ewig lange den Flugzeugen hinterhergeschaut und geraten, wo diese wohl hinfliegen würden. Charlotte hatte sich gewünscht, dass sie in einem von ihnen ganz weit weg fliegen und alle ihre Sorgen hinter sich lassen könnte. Das war sehr schön gewesen. Danach war Charlotte nicht mehr ganz so traurig und Metin ihr bester Freund.

Gerade als Charlotte auf dem Dachboden ankam, schlug eine Kirchturmuhr Mitternacht. »Metin?«, rief sie.

Keine Antwort. Nach sechs Schlägen trat sie auf die untere Sprosse der Leiter, die anscheinend schon für sie bereitstand, und nach weiteren sechs Schlägen machte sie einen vorsichtigen Schritt aufs Dach. Im selben Moment dudelte ein uralter Kassettenrekorder das Kindergartenlied *Ich freue mich, dass ich geboren bin, und hab Geburtstag heut* ab. Die Kassette war schon ziemlich eierig, aber trotzdem konnte man den Song noch glasklar verstehen.

»Wie schön!«, rief Charlotte überwältigt.

Das Flachdach war komplett übersät mit Teelichtern und Kerzen. Zum ersten Mal an diesem heißen Tag kam ein leichter Wind auf, und die hellen Flammen flackerten gespenstisch in der Dunkelheit.

»Wie schön!«, wiederholte Charlotte. »Ist das cool!«

Metin entfachte zwei riesengroße Wunderkerzen. Die Wunderkerzen setzten ein zischendes Feuerwerk frei, das bunte Funken in allen erdenklichen Farben regnete.

»Alle Gute zum Geburtstag, Charlotte!« Metin strahlte. »Jetzt mit fünfzehn bist du schon eine richtig alte Schachtel.« Er starrte ihr Outfit an. »Allerdings siehst du nicht so aus. Hast dich echt gut gehalten.«

Charlotte lachte. »Du Spinner. Wenn ich erst mal so alt bin wie du, bringe ich mich um.« Metin war schon sechzehneinviertel.

Sie sah sich begeistert um. »Das ist wunderschön. So was Nettes hat noch nie jemand zu meinem Geburtstag gemacht!«

»Hast du Hunger?«, fragte er und verschwand hinter dem nächsten Schornstein. Von dort kam er wenig später mit einem Tablett wieder, das mit einem großen dunkelblauen Seidenpapier abgedeckt war. »Noch mal alles Gute«, sagte er. »Du musst das Papier vorsichtig entfernen. Sonst geht sie kaputt …«

Als Charlotte das Papier neugierig anhob, kam darunter eine quietschrosa Geburtstagstorte zum Vorschein. Auf ihrem rosa Zuckerguss befand sich ein Bilderrahmen aus Marzipan mit einem Babyfoto von Charlotte.

Charlotte kreischte los. »Wie süß ist das denn?«, rief sie überwältigt.

»Den Kitsch hier haben meine Schwestern verbrochen.« Metin lachte.

»Ich kann nicht backen. Nach Kichererbsenpaste hören meine Kochkünste auf. Die Torte ist aber echt lecker. Meine Schwestern haben gleich zwei gebacken. Falls eine schiefgegangen wäre.« Er stellte das Tablett vorsichtig zwischen den Kerzen auf.

»Wo hast du denn das Foto aufgetrieben?«, fragte Charlotte.

»Betriebsgeheimnis«, sagte Metin und grinste. »Du musst nicht immer alles wissen.«

Er verschwand wieder hinter dem Schornstein und kam mit einer Flasche Sekt und echten Kristallgläsern wieder. Die hatte er sich ungefragt von zu Hause **geliehen**.

»Jetzt stoßen wir auf deinen Geburtstag an, und du säbelst ein Stück von der Torte ab«, sagte er. »Ich habe leider die Teller und so vergessen, aber ein Taschenmesser tut es auch.« Er zauberte ein Messer aus der Dunkelheit und klappte es auf. »Hier.«

Charlottes Hand zitterte plötzlich so, dass es ihr kaum gelang, die Torte anzuschneiden. Schließlich half Metin mit, indem er ihre Hand führte.

»Ein bisschen wie auf einer türkischen Hochzeit«, meinte er. Er entkorkte die Sektflasche und schenkte ein.

»Ich hab bis jetzt nur ein Mal Sekt getrunken«, sagte Charlotte. »Auf Mamas vierzigstem Geburtstag im letzten Jahr. Da habe ich mich danach heimlich ins Wohnzimmer geschlichen und habe die Reste ausgetrunken. War aber nicht so lecker. Der Kirschlikör hat mir besser geschmeckt.«

Sie stießen feierlich an. »Mutlu Yıllar!«, sagte Metin.

»Jetzt ist mein Geburtstag doch noch schön«, seufzte Charlotte. »Und ich hatte ihn schon abgeschrieben.« Sie lehnte sich mit dem Rücken an den Schornstein und nippte an ihrem Sekt. »Schmeckt besser als der Sekt auf Mamas Geburtstag. Süßer irgendwie.«

Metin nickte. »Den trinken meine Schwestern immer. Passt gut zu Kuchen.«

»Mensch, den Kuchen. Den hab ich ja noch gar nicht probiert.« Charlotte balancierte das Stück Kuchen auf ihrer Hand und biss ab. »Lecker! Total lecker. Ich liebe Marzipan.« Sie leckte den Rest süße Creme von ihren Fingern und spülte mit Sekt nach. »Mir wird schon leicht schummrig im Kopf«, sagte sie. »Dabei habe ich nicht mal ein ganzes Glas getrunken. Aber der Tag war echt stressig.« Sie ließ offen, was sie damit meinte.

Metin lächelte. »Ab jetzt wird alles anders. Das ist mit fünfzehn so«, munterte er sie auf.

Charlotte grinste. »Wenn du das sagst …« Sie schaute in den Sternenhimmel. »Keine Flugzeuge heute«, sagte sie. »Dafür jede Menge Sterne. Komm, wir suchen uns einen aus.«

Sie streckte die Hand nach oben. »Ich nehm den da vorne, der so aussieht wie eine leckere Erdbeere. Siehst du den? Mit dem fliege ich bestimmt in eine ganz abgefahrene Galaxie.« Sie hielt ihm ihr Sektglas hin. »Noch einen ganz kleinen Schluck, weil die Torte so süß war.« Sie kicherte. »Schade dass wir hier keine Musik haben. Ich hätte jetzt richtig Lust zu tanzen.«

Metin zuckte mit den Schultern. »Ich hab in der Eile nur die Kinderkassetten geschnappt, die von früher auf dem Dachboden herumlagen.«

Charlotte bekam einen Lachanfall. »Zu *Wie schön, dass du geboren bist* kann man echt cool abrocken. Zeig mal. Wo sind die Kassetten denn?«

Metin holte eine Kunstledertasche hervor, in der die Kassetten ordentlich hintereinander einsortiert waren. Charlotte zog eine nach der anderen heraus, las die Beschriftung und warf sie zwischen die Teelichter.

»Tatsächlich!«, sagte sie enttäuscht. »Nur dieser ganze Kinderkram.« Sie nahm die letzte Kassette. »Hey, cool!«, rief sie. »Das sind doch diese Songs aus dem Film, den ich gestern im Fernsehen gesehen habe. So ein Achtzigerjahrefilm … Kennst du den – *La Boum*?«

Metin schüttelte den Kopf.

Charlotte hielt ihm die Kassette hin. »Leg doch mal ein!«, bat sie ihn. »Ist echt guter Kitsch, der Film.«

Im nächsten Moment tönte glasklarer Achtzigerjahre-Sound über die Dächer von Berlin.

Dreams are my reality,
the only kind of real fantasy
Illusions are a common thing
I try to live in dreams
It seems as if it's meant to be

»Lauter«, befahl Charlotte nach einer Weile und summte mit. »Die Songs passen gerade voll zu meiner Stimmung.« Sie trank ihr Glas Sekt in einem Zug leer und kuschelte sich an Metins Schulter.

»*Dreams are my reality,*
a different kind of reality
I dream of loving in the night
And loving seems all right
Although it's only fantasy«,
sang sie in den Sternenhimmel.

Sie sah Metin plötzlich überrascht an und sagte: »Weißt du, dass du total schöne braune Augen hast? Beinahe schwarz. Und innen drin ist ein kleiner oranger Punkt. Fast wie bei einem Vampir. Dass Marie das noch nie bemerkt hat.« Sie kicherte.

»Ich mag deine blauen Augen«, murmelte Metin. »Die erinnern mich an Veilchen.« Er näherte sich vorsichtig ihrem Mund. »Veilchen in Zuckerguss schmecken besonders lecker«, sagte er und küsste einen Kuchenkrümel von Charlottes Mund. Ihre Lippen berührten sich sanft.

Plötzlich stieg eine Stichflamme hinter Metins Rücken in den Himmel. Charlotte schrie auf und stieß Metin weg.

»MIST! DAS SEIDENPAPIER BRENNT!«, rief Metin.

Er zog sein Shirt aus und versuchte, die Flammen damit zu ersticken. Als das nicht half, nahm er die Sektflasche und goss den Rest über das Feuer. Zischend erloschen die Flammen. Mit seinen Turnschuhen trampelte er hektisch die restlichen Teelichter aus. Dabei zertrat er versehentlich auch die Kristallgläser.

»Die Kassetten schmelzen! Das stinkt ja wie verrückt!«, rief Charlotte entsetzt. »Gibt's hier oben nirgends einen Feuerlöscher?«

Im gleichen Augenblick erklang die Sirene der Feuerwehr.

»Nichts wie weg hier«, befahl Metin und zog Charlotte mit sich fort. »Wenn uns die Bullen kriegen, sind wir geliefert.«

Sie verschwanden eilig in der Dunkelheit.

06

ICH BIN JETZT FÜNFZEHN! JIPPPIEH!

Das war Charlottes allererster Gedanke, als sie die Augen aufschlug. Der zweite Gedanke war nicht ganz so angenehm: Beinahe wären sie auf ihrer Flucht den Feuerwehrleuten in die Arme gelaufen, aber Metin hatte sie im letzten Augenblick in einen Verschlag geschoben, in dem alte Koffer gelagert wurden. Zum Glück war keine Polizei mitgekommen, aber die Feuerwehrleute hatten den Kassettenrekorder und die verschmorten Kassetten als Beweismaterial mitgenommen. Auch die leckere Geburtstagstorte hatten sie leider eingepackt. Selbst als Charlotte endlich in ihrem Bett gelegen hatte, zitterte sie immer noch am ganzen Körper.

Als Charlotte aufstand, kam ihr ein dritter Gedanke in den Sinn.

Oh mein Gott! Ihr wurde ganz heiß. **Hatte sie Metin letzte Nacht wirklich geküsst?** Sie war sich plötzlich nicht mehr sicher, ob sie es nicht vielleicht nur geträumt hatte. Schließlich hatte sie sich bereits in ihrem letzten Traum ziemlich viel Unsinn zusammenphantasiert. Sie rannte ins Badezimmer und schaute sich prüfend im Spiegel an. So richtig verändert hatte sie sich dadurch nicht. Eigentlich war es ja kein so ganz echter Kuss gewesen. Eher so ein freundschaftlicher.

Oder doch ein echter?

War sie nun **richtig** mit Metin zusammen?

Charlotte schüttelte den Kopf. »Nein. Quatsch!«, rief sie ihrem Spiegelbild zu.

Nur mal ein Kuss. Da ist man doch nicht sofort ein Paar.

Charlotte beschloss, nicht mehr darüber nachzudenken. Weder über den Kuss noch über den Rest. Außerdem hatte sie heute Geburtstag, da war alles andere nicht so wichtig. Wo war eigentlich ihre Mutter? Zum Glück hatte sie Nachtschicht gehabt und den Feuerwehreinsatz nicht mitbekommen.

»Mama?«, rief Charlotte und lief durch die Wohnung. Für einen Moment dachte sie, dass ihre Mutter ihren Geburtstag vergessen hatte und schon unterwegs war. Charlotte öffnete die Schlafzimmertür. Ihre Mutter hatte sich unter einen Berg Kissen gewühlt und schlief tief und fest. Charlotte guckte verblüfft. Toller Geburtstag. Aber sie brachte es nicht übers Herz, ihre Mutter zu wecken. Enttäuscht schlurfte Charlotte in die Küche.

»JUHU!«, rief sie und strahlte. Der Küchentisch war festlich geschmückt mit hellrosa Moosröschen, zartgrünen Efeuranken und einem Schokoladenigel mit fünfzehn Geburtstagskerzen.

Wann hat Mama bloß diesen Kuchen gebacken? Sie ist doch die ganze Nacht Taxi gefahren.

Plötzlich fiel es Charlotte wie Schuppen von den Augen. Na klar. Gestern in der Sandwich-Bar! Dort stand ja noch der Profibackofen von ihrem Großvater. Deshalb hatte sie Charlotte weggeschickt.

Für Charlotte stand auf einem Briefumschlag, der an der Blumenvase lehnte. Neugierig riss Charlotte ihn auf. Ein Hunderteuroschein lag darin, und eine Geburtstagskarte fiel heraus.

Du bist mein größter Schatz. Ich hab Dich unendlich lieb. Freue mich schon auf lecker Essen beim Italiener und Shoppen mit Dir.

Charlottes Augen füllten sich mit Tränen. »Ich hab dich auch lieb, Mami«, flüsterte sie.

Sie schenkte sich ein Glas Apfelsaft ein und nahm sich einen trockenen Zwieback aus der Dose. Nach dem abenteuerlichen Dachausflug hatte sie noch keinen Appetit auf Kuchen. Außerdem sah der Geburtstagstisch viel zu schön aus. Sie wollte lieber warten, bis ihre Mutter aufstand. Nur den Umschlag mit den hundert Euro nahm sie mit in ihr Zimmer.

Sie schaute auf ihr Handy. Keine einzige SMS. Enttäuscht fuhr sie den Computer hoch und checkte ihre E-Mails. Keine neuen Nachrichten. Na toll. Hatte wirklich niemand an ihren Geburtstag gedacht?

Charlotte legte sich wieder auf ihr Bett und starrte an die Decke. Ohne dass sie es wollte, kam ihr wieder der gestrige Abend in den Sinn. Metins Idee mit den Teelichtern war so süß gewesen. So viel Romantik hätte sie ihm gar nicht zugetraut. Und dann noch der quietschrosa Kuchen. Seine Lippen hatten sich weich und angenehm angefühlt. Und er hatte ihre Augenfarbe mit Veilchen verglichen. Aber war sie deshalb in Metin verliebt? Egal, wie sehr sie auch in sich hineinhorchte, sie hatte keine Ahnung. Ihr Handy summte. Endlich. Das war bestimmt ihr Vater. Typisch, dass er sie so zappeln ließ.

Hi. Ausgeschlafen? Bist du später in der Bar? Metin.

Charlottes Herz klopfte eine, wenig schneller. Wie Metin die Sache wohl sah? Charlotte guckte auf die Uhr. Schon weit nach zehn. In gut einer halben Stunde sollte die Bar öffnen. **Mama glaubt doch wohl nicht im Ernst, dass ich an meinem Geburtstag Sandwiches verkaufe,** dachte sie. Aber zehn Minuten vor elf lag ihre Mutter immer noch im tiefsten Schlummer. Charlotte seufzte. Na gut. Sie hatte sowieso nichts vor. Selbst Papa hatte ihren Geburtstag vergessen. Da konnte sie genauso gut in der Sandwich-Bar arbeiten.

Bin kurz nach elf in der Bar. Mama schläft, schrieb sie Metin zurück.

Er antwortete prompt. **Cool. Bin da.**

Was ist daran cool? Einen öderen Geburtstag konnte es doch kaum geben. Das Abenteuer auf dem Dach mal ausgenommen.

Wenigstens ihre tollen schwarzen Shorts wollte sie noch mal anziehen. Auf dem roten Shirt klebte Zuckerguss, deshalb entschied sie sich für ein schwarzes ärmelloses Unterhemd mit Froschkönig-Aufdruck. Das fand sie passend.

Sie schrieb ihrer Mutter einen Zettel und legte ihn neben den Igel auf den Küchentisch. Sie machte noch schnell ein Handyfoto von sich und dem Schokoigel. Dann verließ sie die Wohnung und schloss die Bar auf.

Metin war wirklich der Knaller. Anscheinend hatte er sich auf die Mission **Charlotte hat Geburtstag** eingeschossen. Nachdem die Feuerwehr die geniale Torte von seinen Schwestern beschlagnahmt hatte, brachte er ihr Nachschub von der Ersatztorte. »Drei Stücke konnte ich noch abgreifen«, sagte er. »Den Rest hatte Sibel schon ihrem Verlobten und seinen Kumpels versprochen. Die machen Torten-Probeessen für die Hochzeit.« Dafür hatte er aus den Marzipanresten noch eine Rose gebastelt und mit echtem Rosenwasser besprüht. Sie sah unglaublich echt aus.

»Krass«, sagte Charlotte. »Feiert ihr immer so verrückt? Bei sechs Kindern seid ihr doch nur noch am Feiern und Essen. Wieso bist du so dünn?«

Metin grinste. »Ich kenne das nicht anders. Auf unseren Feten drehen alle ein bisschen durch, tanzen wie verrückt, essen wie die Wahnsinnigen, und es endet immer im totalen Chaos, aber hinterher kommt dann alles wieder ins Lot.«

Charlotte lachte. »Verstehe. Dann war das gestern mit der Feuerwehr bloß das ganz normale Chaos, das sich von selber wieder einrenkt?«

Metin nickte. »Genau. Gerade das hat der Sache doch den Kick gegeben.«

Charlotte schüttelte den Kopf. »Du spinnst. Unser ganzes Haus hätte dabei abfackeln können. Und wenn sie wirklich rauskriegen, dass die Torte von euch stammt, muss deine Mutter den Feuerwehreinsatz bezahlen. Das wär doch blöd.« Sie holte das aufgebackene Brot aus dem Herd.

»Also bereust du, was gestern passiert ist?«, fragte Metin. Plötzlich sah er sie ganz merkwürdig an.

»Autsch!«, rief Charlotte und ließ zwei Brote auf den Boden fallen. »Höllisch heiß«, erklärte sie und bückte sich, um sie wieder aufzuheben. Sie kam mit rotem Kopf hoch. Metin schaute sie immer noch an.

»Nö, wieso? Hältst du mich für ein Weichei oder was? Aber Sekt trinke ich erst mal nicht mehr.« Sie legte das Brot in den Brotschneider.

»Natürlich bist du das nicht. So meinte ich das doch nicht«, antwortete Metin.

»Schon okay. Ich weiß genau, wie du es meinst«, sagte Charlotte schnell. »Du stehst doch schon immer auf Chaos. Deshalb willst du später auch Physik studieren. Da kannst du dann als chilliger Professor durch die Welt reisen und überall Chaos erforschen. Weißt du noch, im Kindergarten? Da hast du einmal alle Puzzleteile durcheinandergeworfen, und deine Eltern mussten alle Puzzles neu kaufen, weil wir die nicht mehr auseinandersortiert bekommen haben.«

Bevor Metin antworten konnte, ging ein tierisches Gekreische los.

Charlottes Halbgeschwister Leander und Luis tauchten in der Bar auf und wackelten auf unsicheren Beinen auf ihre große Schwester zu. In der Hand hielten sie bunte Fähnchen mit **Happy Birthday** darauf. Jeder wollte als Erster bei ihr sein, und so versuchten sie sich schreiend und boxend aus dem Weg zu schubsen. Schließlich kippten beide wie Kegelfiguren um und krabbelten in rasender Geschwindigkeit weiter. Dabei hielten sie die Fähnchen immer noch fest umklammert. Leander erreichte Charlotte zuerst und zog sich mit einem Triumphschrei an ihr hoch. Luis kam einen Moment später bei ihr an und haute seine scharfen Fingernägel fordernd in ihre nackten Beine. »Lollo, Lollo, Lollo«, plapperten sie Fähnchen schwenkend und sabberten Charlottes Knie voll. Gleichzeitig versuchten sie sich gegenseitig umzutreten.

»Nicht streiten!«, rief eine helle Stimme. »Lieb sein. Eure Schwester hat heute Geburtstag!« Sabine, Charlottes Stiefmutter, die so gar nicht dem Märchenklischee entsprach und aussah wie eine ältere Ausgabe von Charlotte, betrat die Bar. Sie trug ebenfalls kurze Shorts und darüber ein schickes Schlabberlook-Shirt, aber anstelle der praktischen Turnschuhe, die Charlotte anhatte, steckten ihre Füße in utopisch hohen High Heels.

»Die zwei Racker waren gar nicht mehr zu halten.« Sabine lachte. »Wahrscheinlich, weil sie wissen, dass es gleich Kuchen gibt.«

Sie stöckelte auf Charlotte zu und drückte sie liebevoll.

»Alles Gute zum Geburtstag, Große«, sagte sie. »Dein Vater kämpft, glaube ich, noch mit der Torte.« Sie entdeckte Metin und gab ihm die Hand. »Hey, Metin. Alles klar? Super, dass du auch da bist.«

In diesem Moment tauchte Charlottes Vater in der Tür auf. Er trug eine riesige Tupper-Tortenhaube vor sich her und hatte einen albernen Clownshut auf dem Kopf. Um seinen Hals hingen mehrere Luftschlangen.

»Oh Mann!«, entfuhr es Charlotte. Das war schon die dritte Torte. Dabei war Charlotte gar nicht so der Tortentyp.

Die Zwillinge ließen Charlottes Beine los und stürzten sich auf ihren Vater. »Kuchen, Kuchen, Kuchen!«, brüllten sie im Chor und zerrten an seiner Jeans.

Schnell stellte er die Tortenhaube auf der Theke ab und zog seine Tochter fest an sich. »Happy Birthday, Charlie!«, rief er fröhlich. »Die Racker sorgen echt für meine Kondition. Seit heute Morgen sind wir schon in Action und feiern deinen Geburtstag.«

Charlotte sah ihn verblüfft an. »Hä?«

Ihr Vater grinste verlegen. »Na, ist doch klar, die Jungs wollten nicht bis Mittag warten, und so haben wir deinen Geburtstag bereits heute früh angefangen zu feiern. Mit Luftschlangen, Luftballons, Liedersingen … das ganze Programm. Sogar kleine Geschenke haben sie gekriegt. Du warst ja leider nicht da.«

Charlotte lachte los. »Das ist aber ganz schön verrückt, oder?«

Wieder einmal wunderte sie sich, wie sehr ihr Vater sich verändert hatte, seit er mit Sabine verheiratet war und die Zwillinge geboren waren. Er war viel kindischer geworden und machte jeden Quatsch mit. Als er noch mit Charlotte und ihrer Mutter zusammenwohnte, war er immer nur im Stress gewesen und auf dem Sprung ins Büro.

Plötzlich fühlte sie ein komisches Ziehen in der Magengrube. Was war das? Eifersucht? Blödsinn. Bestimmt musste sie nur was Ordentliches essen. Bis auf den Zwieback hatte sie heute noch gar nichts im Bauch. Am besten ein deftiges Sandwich.

»Ich habe einen **Kalten Hund** gebacken«, sagte Sabine. »Den mögen wir alle am liebsten. Metin, könntest du schon mal Kaffee für uns kochen und Kakao für die Jungs? Länger kann ich sie jetzt wirklich nicht mehr auf die Folter spannen. Sonst drehen sie durch.«

Sie begann geschäftig, zwei Tische zusammenzuschieben und Stühle darum zu platzieren. »Ihr könntet euch echt mal Kinderhochstühle anschaffen«, sagte sie. »Das hat doch inzwischen wirklich jedes Café.« Sie sah sich mit kritischem Blick in der Bar um. »Ehrlich. Aus dem Laden könnte man mit ein paar Handgriffen was richtig Tolles machen. Momentan ist er so Eighties, aber nicht wirklich cool. Eher ein bisschen angestaubt und … von gestern. Wenn man das so sieht, da juckt es einem richtig in den Fingern. Das könnte eine Goldgrube werden.«

Schlagartig wechselte Charlottes Stimmung. »Wenn das so leicht wäre, hätte Mama das sicher schon gemacht. Und man braucht dafür auch das nötige Geld. Es kommt nicht jeder aus einer reichen Familie und kriegt zur Hochzeit 'ne Bude im Grunewald geschenkt.« Sie war lauter geworden, als sie beabsichtigt hatte. Aber wer ihre Mutter kritisierte, bekam es mit ihr zu tun.

Sabine ließ sich nicht aus der Ruhe bringen. »Das weiß ich selber«, antwortete sie ruhig. »Ich würde deiner Mutter einfach gerne helfen. Ich hätte nämlich unglaublich kreative Ideen, wie man den Laden wieder in Schwung bringen kann, und mit den Kindern zu Hause bin ich echt nicht ausgelastet. Aber sie will ja alles alleine machen. Wo ist Barbara überhaupt? Sie lässt dich doch heute nicht arbeiten?«

Zum ersten Mal fand Charlotte ihre Stiefmutter richtig doof. Und das ausgerechnet an ihrem Geburtstag.

»Sie schläft noch, weil sie die ganze Nacht Taxi gefahren ist!«, fauchte sie.

Charlottes Vater stieß einen überraschten Pfiff aus. »Nicht möglich, Babs fährt wieder Taxi? Na, dann muss ja echt Ebbe auf dem Konto sein. Oh Mann, ich erinnere mich noch gut daran, was sie früher bei ihren Touren für ein Chaos angerichtet hat. Sie konnte sich die Straßen einfach nicht merken. Wer zu Babs ins Auto stieg, kriegte gleich immer noch eine Stadtrundfahrt aufs Auge gedrückt. Aber weil sie so wahnsinnig hübsch und charmant war, konnte man ihr einfach nicht böse sein«, schwelgte er in Erinnerungen.

»Papa, kannst du mal aufhören, über Mama herzuziehen? Das finde ich total gemein von dir!«, rief Charlotte genervt.

Ihr Vater sah sie erstaunt an. »Aber wer zieht denn über deine Mutter her? Im Gegenteil. Ich sage doch gerade nur nette Sachen über sie. Zum Beispiel, dass sie früher echt gut aussah. Und auch Sabine will ihr nur helfen. Sabine hat einfach eine unheimliche Energie, sie ist ja auch viel jünger als deine Mutter und kann nicht genug Chaos um sich herum haben. Das ist richtig toll und hält mich auch jung.« Er zog seine Frau liebevoll an sich und zwinkerte ihr zu. »Sie wäre einfach die ideale Partnerin für Barbara. Ich fände es super, wenn Sabine in den Laden mit einsteigen würde. Barbara schafft es nicht alleine. Das sieht doch ein Blinder. Selbst mit einer fünfzehnjährigen Tochter ist sie überfordert. Das kann ich doch einfach mal so aussprechen, ohne dass du mir an die Gurgel gehst, du bist ja kein Baby mehr. Schade, dass du nicht bei uns wohnen willst. Die Jungs würden sich freuen. Und ich und Sabine auch. Aber das weißt du ja sowieso. Und deine Mutter könnte mal etwas zur Ruhe kommen.«

Charlotte traute ihren Ohren nicht. Sie hatte das Gefühl, jeden Moment zu einem Eiszapfen zu erstarren. Der Politikunterricht in der Schule hatte sie nie wirklich interessiert, und Wirtschaftskunde noch viel weniger. Aber einen Begriff hatte sie aus dem letzten vergeigten Test behalten, und der drückte genau das aus, was sie gerade fühlte: **feindliche Übernahme.**

Sabine und Mama zusammen in der Sandwich-Bar? Undenkbar. Sabine hatte doch schon Papa gekriegt, und jetzt wollten die beiden so nebenbei auch noch Mamas Laden abstauben und ihre Tochter dazu. Wenn ihre Mutter das erfuhr, drehte sie völlig durch. In Charlottes Kopf brummte es wie in einem Bienenstock.

Auf einmal war es totenstill in der Sandwich-Bar. Irgendwie spürten alle, dass gerade die Luft brannte. Selbst die Zwillinge waren für einen Augenblick ruhig und zerrupften ihre Fähnchen. Charlottes Vater nahm seinen Hut ab und kratzte sich verlegen auf dem Kopf, während Sabine ein aufgespießtes Kastanienblatt von ihrem Stöckel zupfte.

Gerade als Charlotte noch überlegte, ob sie losheulen, losbrüllen oder einfach nur um sich schlagen und ihre supertolle Zweitfamilie vor die Tür setzen sollte, sagte Metin: »So, Leute. Der Kaffee ist fertig. Soll ich schon mal den Toten Hund anschneiden? Sahne für den Kakao ist leider nicht mehr da. Aber ich kann bei Kaisers schnell welche holen.«

07

FÜNF MINUTEN SPÄTER saß Charlottes Zweitfamilie mit Kind und Kegel und dem Kalten Hund wieder in ihrem Auto und brauste davon, um ohne Charlotte ihren Geburtstag weiterzufeiern.

Charlotte saß auf der Treppenstufe der Sandwich-Bar und sah ihnen nachdenklich hinterher. »Ich hätte ihnen den Kaffee to go mitgeben können«, sagte sie.

Metin lachte leise. »Du bist wirklich verschärft. Was möchtest du? Kakao oder Café au Lait?« Er machte sich hinter der Theke zu schaffen.

»Auf gar keinen Fall Café au Lait«, sagte Charlotte scharf.

Metin stieß einen Pfiff aus. »Puh, ich frage dich jetzt nicht, warum. Hast du inzwischen was von Marie gehört?«

Charlotte antwortete nicht.

»Täusche ich mich, oder hast du gerade ziemlich viele Stress-Baustellen am Start?«, hakte er nach.

»Nö«, antwortete Charlotte mit einem trotzigen Unterton. »Ich nehme Kaffee schwarz. Das passt zu meiner Stimmung.«

Metin setzte sich mit zwei Bechern Kaffee neben sie. »Schade um den Toten Hund. Hätte ich gerne mal probiert. Merkwürdige Bezeichnung für eine Torte. Bei uns heißen Süßspeisen eher *Traum einer Sommernacht* oder *Heißer Liebesschwur* oder so. Also nicht so martialisch.«

Charlotte kicherte. »Das liegt vermutlich an den unterschiedlichen Kulturen. Wäre mal ein gutes Thema in der Schule. *Rehrücken, Kalter Hund und Igel kontra Liebesschwüre und Sommernachtsträume …*«

Sie sagten eine Weile gar nichts, sondern starrten bloß hinaus auf das bunte Treiben auf der Oranienstraße.

»Hast du mal ernsthaft überlegt, in den Grunewald zu ziehen?«, fragte Metin. »Ist ziemlich schick da. Und das Haus von deinem Vater und seiner Frau ist schon der Knaller, finde ich.«

»Ich mag Kreuzberg lieber«, sagte Charlotte. »Hier ist mehr los, die Leute sind einfach cool drauf, man kann im Schlafanzug Brötchen holen, ohne dass einer doof guckt, es gibt bekloppte Typen, die einen auf Dächer locken und einem ultrasüße türkische Torten schenken, die man mit Klappmessern teilt.« Sie lehnte sich an Metins Schulter. »Irgendwie nett, findest du nicht auch?«

Plötzlich hatte sie große Lust, den Kussversuch vom Dach zu wiederholen. Ganz ohne Sekt im Blut und Feuerwehreinsatz. Sie näherte sich sehr langsam seinem Mund. Plötzlich sprang Metin auf und stieß versehentlich seinen Becher um.

»Was ist los?«, fragte Charlotte verwirrt. Im selben Moment hielt ein Taxi mit quietschenden Reifen unmittelbar vor der Sandwich-Bar, und der türkische Fahrer streckte seinen Kopf aus dem Fenster: »Hey, Metin. Was geht ab?«

Er sah Charlotte neugierig an. »Ist das deine Freundin da?«

Metin schüttelte den Kopf und sagte ein paar schnelle Sätze auf Türkisch.

Der Taxifahrer stieg aus und öffnete seinem Fahrgast die Tür.

»Wer ist das?«, fragte Charlotte.

»Mein Onkel Cengiz«, antwortete Metin knapp. »Der jüngste Bruder von meinem Vater. Er fährt für dieselbe Zentrale wie deine Mutter. Er ist das größte Klatschweib unter der Sonne. Der hört echt das Gras wachsen.« Er wischte sich verlegen eine Locke aus der Stirn.

»Aha«, sagte Charlotte.

Metin ging auf Cengiz zu und begrüßte ihn herzlich mit Handschlag und Umarmung. Cengiz hievte einen großen silbernen Metallkoffer aus dem Kofferraum. Der Koffer hatte fast genauso viele Dellen wie bunte Aufkleber. Er stellte ihn auf den Bürgersteig und rechnete eilig mit seinem Fahrgast ab. Dann holte er eine Zigarettenschachtel aus der Brusttasche, lehnte sich an sein Fahrzeug und fing gemütlich rauchend eine Unterhaltung mit Metin an.

Charlotte betrachtete den Typen, der aus dem Taxi ausgestiegen war, neugierig. Er war bestimmt nicht älter als siebzehn, auffallend schlaksig, mit kurz geschnittenem blondem Haar. Er trug eine stylishe Jeans mit Löchern an den richtigen Stellen und ein grau-schwarz kariertes Hemd mit hochgekrempelten Ärmeln. Überraschenderweise hatte er keine Turnschuhe an, sondern Straßenschuhe aus braunem Leder.

Der Typ setzte sich auf seinen Koffer und holte sein Handy hervor, um zu telefonieren. Offenbar bekam er keine Verbindung, denn er unterbrach das Gespräch nach ein paar Sekunden. Unschlüssig stand er auf und sah sich um. Sein Blick blieb an dem Sandwich-Bar-Schild hängen. Er zögerte kurz. Dann kam er auf Charlotte zu.

»Hi«, sagte er und lächelte sie an.

Wow. So türkisgrüne Augen hatte Charlotte noch nie zuvor gesehen. Ob das Kontaktlinsen waren? Die gab es mittlerweile ja in allen möglichen abgedrehten Farben.

»Hi«, antwortete Charlotte. Solche Dinger sollte ich mir auch mal zulegen, dachte sie. Krass. Man konnte gar nicht anders, man musste wie hypnotisiert hingucken. »Willst du Kaffee, ein Sandwich, Tee?«, fragte sie betont geschäftig und zeigte in die Bar. »Ich kann dir auch einen kleinen Salat dazu machen. Oder wenn es dir lieber ist, auch ein Sandwich to go. Unser Kichererbsenaufstrich ist legendär!« Oder lieber nicht to go, dachte sie. Sie versuchte, nicht mehr in diese Tiefsee-Augen zu gucken, und fixierte sich auf einen Knopf an seinem Hemd.

»Ich bin nicht so hungrig«, sagte der Typ in fließendem Deutsch mit englischem Akzent.

»Okay«, sagte Charlotte verwirrt.

»Willst du nur was trinken oder so? Kaltgetränke sind Selbstbedienung. Du kannst gerne in unseren Getränkekühlschrank gucken. Aber Milchkaffee geht auch. Nur Sahne ist gerade aus, falls du Kakao willst.«

Der Typ nickte. »Ich bin auch nicht sehr durstig. Aber einen Tee können wir gerne trinken.«

Charlotte starrte ihn verblüfft an. »Sorry?«, sagte sie.

»Oh, sorry. I'm Jamie.«

Jamie? Who the hell is Jamie? Charlotte geriet in Panik. Vielleicht war Jamie so ein total berühmter Schauspieler oder Sänger oder ein angesagter Rapper, und Charlotte stand einfach höllisch auf dem Schlauch und blamierte sich und Kreuzberg vor der ganzen Welt. Weil alle diesen Jamie kannten, nur sie nicht.

»Metin?«, rief sie zu dem Taxi hinüber. Metin und sein Onkel waren in eine ziemlich hitzige Diskussion verstrickt, schien ihr. Jedenfalls hörte er sie nicht.

»Einen Moment noch«, sagte sie entschuldigend. »Metin!!!«

Jamie berührte beschwichtigend ihren Arm. »Oh, bitte. Don't hurry.«

Seine Berührung traf Charlotte wie ein Stromstoß. Für einen kurzen Moment hatte sie das Gefühl, umzukippen. Oh Gott. Daran war sicher nur ihr Geburtstag schuld. Sie hatte nicht geahnt, dass es so kompliziert war, fünfzehn zu werden.

»Ist Barbara da?«, fragte Jamie und sah ihr über die Schulter.

»Meine Mutter?« Sie merkte, dass sie kurz davor war, zu hyperventilieren. »Woher kennst du denn meine Mutter?«

Jamie lachte. Dabei zogen sich seine türkisfarbenen Augen wie Schlitze zusammen, und es bildeten sich niedliche Fältchen drum herum.

»Ach so. Jetzt kapier ich. Wenn Barbara deine Mutter ist, dann bist du Cookie. I'm so sorry.« Er lachte wieder.

»Ich merke schon, du erkennst mich nicht. Ich habe dich auch nicht gleich erkannt. Du bist so gewachsen. Mindestens einen halben Meter, seit wir uns das letzte Mal getroffen haben.«

Das war jetzt nicht *Verstehen Sie Spaß?* oder sonst eine von diesen beknackten Sendungen, in denen Leute auf das Peinlichste verarscht wurden, oder? Sie versuchte, irgendwelche versteckten Kameras zu entdecken. Egal. Auch wenn sie sich damit bis auf die Knochen blamierte, Charlotte musste das jetzt einfach aufklären. »Bist du aus dem Fernsehen? Wollt ihr mich linken, weil ich heute Geburtstag habe? Ist das irgend so eine bekiffte Idee von meiner Familie? Sag die Wahrheit, sonst krieg ich auf der Stelle einen Kreischanfall.« Nachdem ihr Vater bereits seit einiger Zeit im Spaßmodus war, traute sie ihm sogar das zu. Vielleicht war das ja seine Geburtstagsüberraschung für sie, denn dass er ihr nur einen Kalten Hund schenkte, konnte sie wirklich nicht glauben. Wenn sie ihn mit seiner neuen Lieblingsfamilie nicht kurzerhand vor die Tür gesetzt hätte, wäre er ja noch da gewesen und hätte sich an der Nummer ergötzen können.

»Oh, du hast Geburtstag. **Happy birthday, Cookie!**«

Charlotte holte tief Luft. »Ich heiße nicht Cookie, sondern Charlotte«, sagte sie mit dem letzten Funken Selbstbeherrschung. »Das muss eine total bescheuerte Verwechslung sein.«

Anscheinend war Jamie ein Engländer wie aus dem Bilderbuch. Er blieb total relaxt. »Sorry, Charlotte. Ich habe Barbara eine E-Mail mit meiner Ankunftszeit gemailt. Und

Penny hat ihr heute Morgen noch eine SMS geschickt. Wenn ich mit Barbara sprechen kann, wird sich alles aufklären.«

»Penny?«, wiederholte Charlotte. Irgendeine entfernte Erinnerung regte sich in ihr.

»Penny ist meine Mutter. Deine Mutter und sie waren früher **best friends**. Wir wohnen in London.«

Charlotte riss die Augen auf. »**Oh boy.** Na klar. Penny mit den grünen Haaren. Da habe ich sogar noch ein Foto in meinem Kinderalbum. Die immer so leckere Kekse mit Schokoladenfüllung und Pfefferminz gebacken hat.«

Jamie lachte. »Ja, genau. Meine Mum. Aber ihre Haare sind nicht mehr grün, sondern rot. Und weil du ihre Kekse so geliebt hast, haben dich alle Cookie-Monster genannt. You remember?«

Charlotte nickte fassungslos. »Ich erinnere mich. Und an dich auch. Du hast meinem Teddy den Kopf abgerissen.«

Jamie guckte zerknirscht. »I'm so sorry.«

Jetzt lachten beide.

»Aber was hast du meiner Mutter denn für eine E-Mail geschrieben?«, fragte Charlotte. »Sie hat mir gar nichts davon erzählt.« Wahrscheinlich hat sie die E-Mail gar nicht gelesen, dachte Charlotte. So verpeilt, wie sie in der letzten Zeit war.

»Die SMS hat sie wahrscheinlich noch nicht gelesen«, sagte Charlotte. »Als ich gegangen bin, hat sie noch geschlafen. Sie ist die ganze Nacht Taxi gefahren.«

Sie zeigte auf seinen Koffer. »Machst du Urlaub in Berlin?«

Jamie zog die Augenbrauen hoch. »Nicht wirklich holidays«, sagte er. »Ich lerne zu kochen und suche ein Praktikum für ein halbes Jahr hier in Berlin. Barbara hat Penny geschrieben, dass ich bei euch wohnen kann. Tja, und jetzt bin ich eben hier.«

Charlotte starrte Jamie fassungslos an. »Wow«, sagte sie. »Das ist wirklich surprise, surprise. Ich bin echt gespannt, wie mein Geburtstag weitergeht. Der Feuerwehreinsatz war ja schon nicht schlecht. Aber das ist bestimmt noch zu toppen.«

»Sorry?«, sagte Jamie fragend.

»Ach, nichts. Alles okay«, winkte Charlotte ab.

Sie sahen sich beide etwas ratlos an.

»Okay«, wiederholte Jamie schließlich. »Vielleicht sollten wir dann doch erst einmal einen Tee trinken.«

Charlotte nickte. »Keine schlechte Idee.« Sie machte eine einladende Handbewegung. »Bitte, such dir einen Platz aus. Ist noch alles frei.«

08

JAMIE SETZTE SICH auf den Barhocker an der Theke und schaute sich neugierig um.

»Ich habe leider nur türkischen Tee. English breakfast ist gerade aus«, sagte Charlotte entschuldigend. Sie schaltete den Samowar ein.

»No problem«, antwortete Jamie.

»In Wirklichkeit ist es sogar russischer«, sagte Charlotte. »Der ist billiger – schmeckt aber genauso lecker«, setzte sie schnell hinzu.

Sie füllte zwei Gläser mit Tee und Wasser und stellte eines davon vor Jamie. »Ich nehm immer den braunen Zucker.« Sie schob ihm den Zuckerstreuer hin.

»No sugar. Hast du Milch?«

Charlotte schüttelte den Kopf. »Sorry. Hab es nicht geschafft, einzukaufen. Aber türkischen Tee trinkt man eigentlich sowieso mit viel Zucker und ohne Milch. Probier doch mal.«

Sie beobachtete gespannt, wie er an dem heißen Tee nippte.

»Nice«, sagte er erstaunt. »Schmeckt mir.« Er trank das Glas in einem Zug leer.

»Hattest wohl doch Durst«, stellte Charlotte fest. »Ich vergesse ja auch immer zu trinken. Dabei ist viel trinken total wichtig. Meine Freundin Marie trinkt drei Liter Wasser am Tag einfach so weg, da denkt die gar nicht drüber nach. Sogar im Winter. Sie ist gerade in Frankreich am Mittelmeer, da trinkt sie bestimmt noch mehr … denn dort ist es gerade superheiß … Eigentlich sollte ich mit ihr da sein, aber jetzt doch nicht, es ging alles drunter und drüber, und deshalb bin ich hier, aber das ist jetzt auch egal, denn Marie hat sowieso einen Jungen …« Sie stoppte verwirrt. Was quasselte sie bloß für einen Mist? Wie peinlich. Jamie muss denken, dass ich nicht richtig ticke.

»… dann trink am besten noch ein zweites Glas Tee«, sagte sie und goss ihm Tee nach.

»Du bist lustig!« Jamie lächelte sie an. »Aber du redest so schnell. Ich habe dich gar nicht verstanden, mein Deutsch ist nicht mehr so geübt.«

»Macht nichts«, sagte Charlotte erleichtert. »Das macht wirklich gar nichts.« Sie setzte sich auf einen Barhocker und holte ihr Handy heraus. »Ich rufe Mama an. Bestimmt ist sie inzwischen wach.« Nach dem fünften Klingeln ging ihre Mutter ans Telefon. »Mama! Ich bin es. Jamie ist da …« Sie schwieg einen Moment. »Na, welcher Jamie wohl? **Der** Jamie. Von deiner besten Freundin Penny.« Sie merkte, dass ihre Stimme einen hysterischen Klang bekam.

»Okay. Aber bitte wirklich bald … Ja. Tschüss.« Sie unterbrach die Verbindung.

»Sie kommt gleich«, sagte Charlotte zu Jamie und wedelte mit ihrem Handy. »Sie muss noch schnell duschen, sie hat die ganze Nacht gearbeitet.« Es rauschte in ihren Ohren wie unter den Niagarafällen.

Jamie beugte sich vor. »Hey, relax. Ich habe Zeit. Ein ganzes halbes Jahr.« Er grinste und sah Charlotte tief in die Augen. Charlotte wurde ganz schummrig. Verlegen guckte sie auf ihre Turnschuhe. Das war, wie sich sogleich zeigte, ein echter Fehler. Der feste Boden kam ihr so weit entfernt vor, als stünde sie unter dem Gipfelkreuz des Mount Everest. Konnte man auf einem Barhocker Höhenangst kriegen? Ihr wurde übel. Oder noch verrückter: darauf seekrank werden wie auf der *Titanic*? Sie schloss die Augen und klammerte sich panisch an der Theke fest.

»Charlotte? … CHARLOTTE! Are you okay?«

Plötzlich stand Jamie neben ihr und schlang seine Arme um sie. Panisch klammerte sie sich an seinem Hals fest und flüsterte: »Ich sterbe.«

»Nein, tust du nicht«, antwortete Jamie und trug sie zum Sofa. Dort legte er sie zwischen die verschlissenen Kissen auf den Rosenbezug und hockte sich neben sie. »Hast du heute schon was getrunken?«, fragte er.

Charlotte schüttelte den Kopf. »Nur ein bisschen Kaffee.«

»Gegessen?« Er wartete ihre Antwort erst gar nicht ab, sondern verschwand wortlos hinter der Theke. Gleich darauf brachte er ihr ein großes Glas Cola und ein Geschirrtuch, in das er Eiswürfel eingewickelt hatte.

»Kühl deinen Nacken damit«, befahl er. »Wie möchtest du ein Sandwich?«

»Egal«, antwortete Charlotte schwach. Sie robbte sich

aus den Kissen hoch und trank die Cola, ohne abzusetzen, leer.

»Hast du das Brot selber gebacken?«, fragte Jamie und probierte ein Stück.

»Backmischung«, antwortete Charlotte.

»Selber machen ist billiger und schmeckt besser«, stellte Jamie fest. »Aber diese Kichererbsenpaste ist gut«, sagte er. »Der Kräutermix ist terrible. Zu viel Knoblauch, Petersilie nicht fein gehackt, Gewürze im Ungleichgewicht, die Basis wässrig.«

Charlotte verzog das Gesicht. »Aha. Ist ja wohl Geschmackssache. Bisher hat sich noch niemand beschwert.«

Jamie schüttelte den Kopf. »Nein, ist es nicht. Das geht viel besser.« Er kippte den Kräuterquark einfach in den Müll.

»SPINNST DU?«, rief Charlotte. »Das war noch Zeug für mindestens zehn Sandwiches.« Sie knallte das Geschirrtuch mit den Eiswürfeln wütend auf den Beistelltisch.

Jamie ließ sich nicht aus der Ruhe bringen. »Ich mache schnell einen neuen Dip. Don't worry.«

Charlotte beobachtete, wie er in rasender Geschwindigkeit Kräuter, Gewürze und Gemüse zu einer neuen Paste zusammenmengte und abschmeckte. Dabei bewegte er sich, als würde er seit einer halben Ewigkeit in der Sandwich-Bar arbeiten. Das Brot legte er nicht in den Toaster, sondern er röstete es auf einem Spritzsieb auf der Herdplatte.

Das roch zwar angebrannt, aber die Scheiben hatten keine einzige schwarze Stelle, als er sie auf die Arbeitsplatte legte.

»Okay!«, sagte er schließlich und drapierte das Sandwich mit Tomaten und Birnenherzen, die er mit einem Keksförmchen ausgestochen hatte, auf einem Teller. In eine halbe Kiwi steckte er eine Mini-Kerze, die er anscheinend in der Kram-Schublade gefunden hatte. Dort stopfte Charlottes Mutter immer alles hinein, was sie sonst nirgends einsortieren konnte.

»Happy Birthday, Charlotte. Mein erstes Kreuzberg-Sandwich. Ich nenne es *Sandwich à la Charlotte Fantastica.*« Er balancierte es zum Sofa und setzte sich neben sie.

»Wow!«, sagte Charlotte begeistert. »Das sieht ja toll aus.« Sie griff danach.

»Halt«, sagte Jamie und hielt ihre Hand fest. »Vorher musst du die Kerze löschen und dir was wünschen.« Es verging ein Moment, bevor er sie losließ.

»Okay.« Sie holte tief Luft und pustete die Kerze aus. Ihre Blicke trafen sich. Schnell schloss Charlotte die Augen. »Fertig.«

Sie konzentrierte sich auf ihr Sandwich. »Jetzt esse ich erst mal. Egal, was dir sonst noch einfällt.« Sie biss hungrig hinein. »Lecker! Total lecker!« Und dann sprach sie kein Wort mehr, bis sie das Sandwich verschlungen hatte.

»Wie machst du das?«, fragte sie kopfschüttelnd. »Das sieht genauso aus wie meins, schmeckt aber ganz anders.«

Jamie strahlte. »Das ist die Sache mit dem Gleichgewicht. Oder eben mit dem Ungleichgewicht. Eine Prise mehr, ein Tropfen weniger und viel Phantasie.«

Charlotte nickte. »Die Runde geht an dich. Mein Quark schmeckt wirklich eklig. Jedenfalls im Vergleich. Der Name

Fantastica ist genehmigt. Aber eigentlich müsste es dann *Jamie Fantastica* heißen.«

Jamie schüttelte den Kopf. »Das hört sich aber lange nicht so gut an, und außerdem hast du heute Geburtstag. Und wenn dir nicht schlecht geworden wäre, hätte ich das Sandwich gar nicht zubereitet. Everything happens for a reason.«

»Stimmt auch wieder«, sagte Charlotte. Sie lächelte in seine Tiefsee-Augen.

»Das war nett von dir.« Sie schwiegen beide.

»Na, habt ihr es euch gemütlich gemacht? Wie es schon bei den alten Römern hieß: zu Tische liegen«, sagte Metin in die Stille hinein. Aber sein Blick verriet, dass er die Sache nicht ganz so komisch fand, wie er tat.

»Na, Quasselstunde vorbei?«, konterte Charlotte. »Ich hoffe, du konntest deinen Onkel davon überzeugen, dass ich auf keinen Fall deine Freundin bin. Nicht dass du noch Ärger kriegst.«

Metin schüttelte den Kopf. »Blödsinn. Darum ging es gar nicht. Es gab noch ein paar wichtige Dinge zu klären, wegen Sibels Hochzeit.«

Charlotte runzelte die Stirn. »Wieso mischst du dich da ein? Du bist doch nur ihr Bruder.«

»Genau. **Ich bin ihr Bruder.** Und deshalb musste ich das regeln. Unter Männern.«

Charlotte winkte ab. »Ist gut. Ich will von diesem Macho-Kram gar nichts wissen«, sagte sie bissig und stand vom Sofa auf. Ohne Metin eines Blickes zu würdigen, nahm sie Teller und Glas und stellte es in die Spüle.

»Wieso bist du denn plötzlich so wütend?«, fragte Metin.

»Sie ist vor ein paar Minuten fast ohnmächtig geworden«, mischte sich Jamie ein. »Deshalb hat sie sich auf das Sofa gelegt, und ich habe ihr ein Sandwich gemacht. Sie ist noch nicht ganz okay.«

»WAS?«, rief Metin. »Warum hast du mich denn nicht gerufen?«

»Erstens kann man nicht rufen, wenn man aus den Latschen kippt, und zweitens warst du ja voll in deinem Männergespräch. Was hast du zu deinem Onkel denn über mich gesagt?«, fragte sie misstrauisch.

»Nur Nettes«, antwortete Metin. »Wirklich.«

Charlotte grinste. »Na gut. Ich verzeihe dir.«

Sie probierte mit einem Löffel von dem Dip, den Jamie zubereitet hatte. »Der Typ mag deine Kichererbsenpaste«, sagte sie und zeigte mit dem Löffel auf Jamie. »Kannst du dir was drauf einbilden, er wird nämlich Koch. Meinen Quark fand er eklig. Hat er direkt weggekippt.«

Sie amüsierte sich über Metins erstauntes Gesicht.

»Wie jetzt? Ein Gast wirft deinen Quark weg, und du setzt ihn nicht direkt vor die Tür?«, fragte er. »Das kann ich gerne für dich erledigen.«

Charlotte grinste von einem Ohr zum anderen. »Das würde ich an deiner Stelle nicht tun. Das ist nämlich Jamie, und er wohnt ab heute bei uns.«

09

»JAMIE! I'M SO SORRY!« Charlottes Mutter stürmte die Sandwich-Bar, als ginge es um Leben und Tod. Wenn es darauf ankam, war sie mindestens genauso eine Drama-Queen wie Charlotte. Und das war nicht die einzige Ähnlichkeit zwischen den beiden. Deshalb gerieten sie manchmal ziemlich heftig aneinander. Aber nie für lange. Die meiste Zeit verstanden sie sich richtig gut. Deshalb war es für Charlotte klar gewesen, dass sie nach der Scheidung bei ihrer Mutter bleiben würde. Auch wenn ihr Vater das gerne anders gehabt hätte.

Barbara umarmte Jamie so heftig, dass er fast das Gleichgewicht verlor.

»Oh, Mum!«, mischte sich Charlotte ein. »Kannst du dich mal wieder beruhigen? Das ist wirklich peinlich.«

Jamie lachte. »No problem. Meine Mutter ist genauso.«

Charlottes Mutter nickte. »Allerdings. Deshalb haben Penny und ich uns nie wirklich aus den Augen verloren. Auch wenn wir uns schon lange nicht mehr besucht haben.« Sie ließ sich immer noch atemlos auf die Couch fallen. »Na, wenigstens hat Charlotte dich begrüßt. Habt ihr euch schon angefreundet?«

Charlotte gab keine Antwort. Sie hatte vor einiger Zeit herausgefunden, dass die Peinlichkeiten ihrer Mutter am schnellsten vorübergingen, wenn man sie ignorierte.

»Du hast gar nichts von dem Igel probiert heute Morgen«, sagte Barbara. »Magst du ihn gar nicht mehr? So ein Kinderkuchen ist zwar ungewöhnlich, aber ich dachte, du freust dich darüber.«

Charlotte holte ihr Handy hervor und zeigte ihr das Selbstporträt von sich und dem Igel. »Alles im grünen Bereich, Mama. Das war total lieb von dir. Aber ich fand den Geburtstagstisch mit Igel viel zu schön, um ihn gleich wieder zu zerstören.«

Ihre Mutter seufzte beruhigt. »Ein Glück! Er wäre mir fast noch missglückt, ich habe schon eine halbe Ewigkeit nicht mehr gebacken. Dieser Taxijob ist der Vollstress, sage ich euch. Aber ich habe gestern so viel Umsatz gemacht, dass mir der Chef heute gleich wieder die Nachtschicht gegeben hat.«

Charlotte sah ihre Mutter besorgt an. »Oh, Mann. Aber irgendwann musst du doch auch mal schlafen.«

Ihre Mutter zuckte mit den Schultern. »Die Nachtschicht nehme ich nur in den Sommerwochen. Im Augenblick sind so viele Touristen in der Stadt, da lohnt sich das Geschäft.« Sie warf einen prüfenden Blick hinter die Theke. »Hier leider nicht«, seufzte sie. »Wie viele Sandwiches hast du denn verkauft? Ich sehe nur einen Teller.«

Charlotte schüttelte den Kopf. »Kein einziges, Mama. Das da habe ich selber gegessen, weil ich noch nicht gefrühstückt hatte.«

»Nicht bloß deshalb …«, mischte sich Metin ein.

Barbara sah von einem zum anderen. »Wieso?«

Charlotte versetzte Metin einen unsanften Stoß. »Ich habe den neuen Dip probiert, den Jamie zubereitet hat. Sensationell lecker. Hier, teste mal.« Sie nahm einen Kaffeelöffel voll und steckte ihn ihrer Mutter in den Mund.

»Großartig«, sagte sie beeindruckt. »Ganz ausgezeichnet. Du wirst mal ein Meisterkoch, Jamie. Hast du dir schon überlegt, wo du das Praktikum machen willst?«

Jamie zuckte mit den Achseln. »Es ist eher die Frage, wer mich haben will«, antwortete er. »Das ist gar nicht so leicht. Und wirklich noch einmal danke, dass ich bei euch wohnen darf. That's so nice.« Er strahlte Barbara an.

Charlotte bemerkte, dass selbst bei ihrer Mutter der Tiefseeblick von Jamie Wirkung zeigte.

»Um den Spruch mal ein wenig abzuwandeln: Our home is your castle«, sagte Barbara. »Fühl dich wie zu Hause.« Sie strahlte zurück.

»In Erdals Dönerbude können sie immer einen Praktikanten gebrauchen«, sagte Metin. An ihm schien Jamies charmante Nummer wirkungslos abzuprallen.

»Manchmal bist du echt doof, Metin«, sagte Charlotte.

»Wieso?«, verteidigte sich Metin. »Ein guter Döner ist eine echte Kunst. Den musst du mal probieren bei Erdal«, sagte er zu Jamie. »Das ist Meisterklasse. Den kannst du sogar eurer Queen servieren.« Er drehte den Daumen nach oben.

»Das glaube ich dir«, antwortete Jamie. »Ich habe leider ein großes Problem in meinem Job. Ich bin Vegetarier.

Ich mag Fleisch einfach nicht und koste es nur, wenn ich wirklich muss.«

Metin sah ihn fassungslos an. »Aber das ist doch blöd. Warum hast du dir dann ausgerechnet diesen Beruf ausgesucht?«

»Weil ich gerne backe«, sagte Jamie. »Ich möchte irgendwann am liebsten nur noch Torten, Kuchen and so on machen. Ich lerne aber erst einmal alles. Dann hat man größere Chancen auf ein gutes Restaurant.«

Metin ging hinter die Theke und holte den Tortenrest hervor, den ihm Sibel großzügig überlassen hatte. »Dann check mal, wie die hier schmeckt«, sagte er. »Haben meine Schwestern gebacken, extra für Charlotte zum Geburtstag.«

Er warf die Espressomaschine an. »Jetzt ist sowieso **coffee time**.«

Kurz darauf saßen alle vier um eine gedeckte Kaffeetafel. Sie hatten den Tisch direkt in die Tür geschoben, sodass sie wenigstens ein bisschen Sommersonne abkriegten.

»Göttlich!«, sagte Charlottes Mutter und schob sich einen Löffel voll Kuchen in den Mund. »Und trotzdem nicht zu mächtig!«

Jamie nickte. »Finde ich auch. Man schmeckt die Zutaten der Füllung total gut raus, der Teig ist saftig und das Marzipan mit zartbitterem Abgang … Ich hätte die Torte gerne als Ganzes gesehen. Kannst du das nächste Mal ein Foto davon machen? Hört sich so an, als würden deine Schwestern häufiger backen.«

Metin nickte. »Kein Ding. Aber diese Torte war wirklich etwas Besonderes.« Er warf Charlotte einen undefinierbaren Blick zu.

»Hat Papa sich eigentlich gemeldet?«, fragte Barbara beiläufig. »Oder ist die Großfamilie schon in Urlaub?«

»Sie waren heute Morgen kurz da, mit den Zwillingen«, antwortete Charlotte ausweichend.

»War es okay?«, bohrte ihre Mutter weiter.

Charlotte schwieg.

»Der Hausmeister hat mir übrigens erzählt, dass es gestern auf dem Dachboden gebrannt hat«, sagte ihre Mutter. »Wahrscheinlich haben wieder ein paar Wahnsinnige gezündelt. Das finde ich wirklich doof. Wenn ich so jemanden mal überrasche, der kriegt echt Ärger mit mir. Ich traue mich ja gar nicht mehr, dich alleine zu lassen, wenn ich nachts arbeite. Na, zum Glück ist jetzt erst mal Jamie bei uns.« Sie machte ein besorgtes Gesicht.

»Mama! Ich bin doch keine fünf mehr«, protestierte Charlotte.

»Das hat damit nichts zu tun«, entgegnete Barbara. Sie pickte die letzten Tortenkrümel auf. »Schade. Davon hätte ich noch ein zweites Stück vertragen können.« Sie trank ihren Cappuccino aus.

»Heute kommt aber auch wirklich gar niemand«, seufzte sie. »Hoffentlich regnet es bald, damit die Leute wieder drinnen sitzen wollen.« Sie beobachtete die vorbeiflanierenden Touristen. »Da ist Gregor! Bestimmt hat der noch Infos über den Feuerteufel.« Sie winkte den Kontaktbereichsbeamten herein.

»Oh, Mama!«, stöhnte Charlotte. »Das ist nicht dein

Ernst, oder? Ich will diesen Gregor nicht an meinem Geburtstagstisch haben. Der stellt immer unmögliche Fragen.« Sie sprang ärgerlich auf. »Seinen Kaffee muss er aber bezahlen.« Sie begann klirrend das Geschirr zu spülen.

»Tja, das war echt ein Ding heute Nacht«, erzählte Gregor. »Wahrscheinlich hat sich ein Liebespaar auf dem Dach eingenistet. Die Beweise sprechen alle dafür. Die Feuerwehrleute haben sogar eine pinke Torte beschlagnahmt. Knatschsüß, kann ich euch sagen.« Er schaufelte hintereinander fünf Löffel Zucker in seinen Pott Kaffee.

»Ach was«, sagte Charlotte spitz. »Isst die Polizei ihre Beweismittel jetzt schon auf? Ist ja sehr spannend.«

Gregor lachte. »Guter Witz, mein Fräulein. Wir Polizisten haben es nicht leicht. Wir müssen den Stoff natürlich testen. So eine Torte könnte ja wer weiß welche Inhaltsstoffe enthalten. Dieses Mal habe ich mich geopfert. War aber nur ganz harmloser Zucker. Der allerdings in utopischen Mengen.«

Charlotte machte ein genervtes Gesicht. »Na, da haben Sie Glück gehabt. Hätte ja auch Rattengift sein können oder Drogen. Lecker Kokain, als Mehl getarnt.«

Barbara warf ihr einen warnenden Blick zu. »Charlotte, bitte … Höchst interessant, dein Job, Gregor«, sagte sie. »Du hältst mich hoffentlich auf dem Laufenden. Man möchte ja schließlich wissen, was in seinem Haus vorgeht. Ich bin jetzt häufiger über Nacht weg, weil ich wieder Taxi fahre.« Sie verabschiedete sich von Gregor mit einer Umarmung und sah ihm nach, bis er Richtung Adalbertstraße verschwunden war.

»Weißt du mehr über den Brand, Charlotte?«, fragte sie.

»Reicht dir der Klatsch von Gregor noch nicht?«, antwortete Charlotte.

»Mir kommt das einfach spanisch vor«, sagte Barbara und runzelte die Stirn. »Vor allem die merkwürdigen Übereinstimmungen mit dir erschrecken mich.«

Charlotte stieß einen Schrei aus. »Aha. Und die sind, bitte sehr? Ein Liebespaar auf dem Dach? Wusste noch gar nicht, dass ich einen Freund habe, Mama. Vielleicht stellst du ihn mir mal vor, damit ich ihn auch kennenlerne. Ach, und eine Torte war ja auch noch im Spiel. Quietschsüß, behauptet dein lieber Gregor. Gerade hast du noch geschwärmt, dass Sibels Torte **nicht** so mächtig ist. Ja, was denn nun? Manchmal nervst du mich echt mit deinem Kontrollwahn, Mama.« Sie warf das Geschirrtuch wütend in die Spüle. »So. Feierabend. Ich hab heute Geburtstag.« Sie verschwand mit finsterer Miene aus der Bar.

10

VOLL UNTER DAMPF rannte Charlotte die Straße entlang, vorbei an einer johlenden Reisegruppe und einem Rucksacktouristen-Pärchen, das sich auf Italienisch stritt. Ihre Mutter konnte so nerven. Gleichzeitig machte Charlotte sich ernsthaft Sorgen. Wenn aufflog, dass Metin und sie das Feuer verursacht hatten, war das ein echtes Desaster. Die hundert Jahre Hausarrest, die ihre Mutter ihr geben würde, waren dabei noch das kleinere Übel. Sie brauchte jetzt dringend etwas Entspannung.

Spontan bog sie in die Adalbertstraße ein. Sie rempelte ein paar kichernde Mädchen an, die sich gegenseitig Handybotschaften schickten, und war erleichtert, als sie endlich an der ehemaligen Mauer ankam.

Als Charlotte geboren wurde, existierte die Mauer schon eine ganze Weile nicht mehr. Das musste eine verrückte Zeit gewesen sein damals. Ein paar bemalte Überreste standen immer noch herum. Zur Erinnerung. Und auch den Kinderbauernhof gab es noch. Ihre Mutter hatte ihr erzählt, dass sie als Studentin mit Charlottes Vater zum Entenfüttern hier war. Bevor die beiden verheiratet waren und ihr Vater diesen superstressigen Job annahm. Ihre Eltern verliebt beim Entenfüttern auf einem Bauernhof – das konnte sich Charlotte beim besten Willen nicht vorstellen. Aber als sie noch klein war, hatten sie manchmal alle drei einen Spaziergang zum Bauernhof gemacht. Hier hatte Charlotte zum ersten Mal Hühner gesehen, und eine junge Ziege hatte ihr Halstuch mit den Marienkäfern darauf angeknabbert. Charlotte hatte geschrien wie am Spieß, und deshalb hatte Michael, einer der Tierpfleger, ihr zum Trost ein winziges Kaninchen in den Arm gelegt. Mit dem hatte sie eine halbe Ewigkeit gekuschelt.

Seit Charlotte unter Schulstress stand und gleichzeitig in der Sandwich-Bar jobbte, schaffte sie es kaum noch, dem Bauernhof einen Besuch abzustatten. Außerdem erinnerte sie der Ort zu sehr an früher, als zwischen ihren Eltern noch alles okay gewesen war. Aber heute wollte sie unbedingt gucken, wie es der frechen Gerda so ging. Sie war mittlerweile eine Ziege in den besten Jahren.

Auf dem Bauernhof war nichts los. Die Familien mit Kindern waren lieber im Schwimmbad oder im Urlaub. Auch Michael wohnte immer noch auf dem Bauernhof. Er saß im Schatten und klimperte auf seiner Gitarre. Zwei Katzen hatten sich zu seinen Füßen zusammengerollt und dösten müde vor sich hin. Es war immer noch sehr heiß; selbst die Hühner liefen nicht ganz so hektisch herum wie sonst. Die Enten kühlten ihre Hälse in einem lila Schwimmbecken aus Plastik, auf dem schon etwas verblasst **Atomkraft nein danke** aufgesprayt war.

»Hi, Micha!«, grüßte Charlotte.

Michael unterbrach sein Spiel und lächelte Charlotte

freundlich an. »Lotti. Auch mal wieder hier? Hab dich lange nicht gesehen.«

Charlotte zuckte mit den Schultern. »Bloß Schule und im Laden von Mama. Aber heute hab ich Geburtstag.«

Sofort zupfte Michael *Happy Birthday* auf seiner Gitarre und sang dazu: »**Happy birthday to you, Schokolade im Schuh, Aprikose in der Hose, happy birthday to you.**«

Charlotte stiegen Tränen in die Augen. »Das hast du früher auch immer gesungen, weißt du noch?«, flüsterte sie.

Michael nickte. »Klar. Ich hab ein Gedächtnis wie ein Elefant. Was ist denn los? Läuft's nicht so rund, oder macht dir das Alter bereits zu schaffen?« Er lachte.

Charlotte schluckte mühsam den Kloß in ihrem Hals hinunter.

»Ach, irgendwie ist heute alles komisch. Mit Papa und Mama, und Marie ist auch nicht da, und wir sind so furchtbar knapp bei Kasse, und bestimmt bleibe ich nächstes Jahr sitzen, weil ich mit dem Lernen nicht hinterherkomme, ich weiß selber nicht genau, was mit mir los ist.«

Michael nickte verständnisvoll. »Glaub ich dir. Das weiß ich manchmal auch nicht. Hast du einen Freund?«

Charlotte schüttelte den Kopf. »Ich glaube, ich hätte aber gerne einen.«

Michael schlug einen Akkord in Moll an. »Die Meerschweinchen haben Junge gekriegt. Willst du mal sehen?« Er stellte die Gitarre weg.

Sie liefen an den Gänsen vorbei. Eine der Gänse kam schnatternd näher und ließ sich von Michael am Hals kraulen. »Das darf nur ich«, sagte Michael stolz. »Nach jedem anderen hackt die Liese.« Charlotte hielt respektvoll Abstand. »Mich hat mal ein Schwan gebissen, als ich in Österreich über einen Zaun geklettert bin. Das hat total wehgetan.«

Er öffnete die Tür von einem niedrigen Stall. »Du glaubst nicht, wie viele Kleintiere jede Woche bei uns vor die Tür gelegt werden«, sagte er. »Wieso denken Eltern immer, dass Hamster und Meerschweinchen die idealen Kuscheltiere sind? Ich finde, die haben mindestens so einen komplizierten Charakter wie Menschen.«

Er zeigte auf einen großen Käfig, der sorgfältig mit frischem Gras ausgelegt war. Vier Meerschwein-Babys kauerten fiepend an ihre Mutter gepresst und versuchten, an ihren Zitzen zu trinken. »Kriegen die überhaupt alle genug ab?«, fragte Charlotte besorgt.

»Sie fressen schon nach kurzer Zeit auch Löwenzahn und so«, beruhigte sie Michael. »Ich will warten, wie sie sich entwickeln, und dann ein Freigehege bauen. Für tagsüber natürlich nur. Allerdings haben wir in den letzten Wochen einen Fuchs herumstromern sehen. Die nähern sich jetzt immer häufiger den Wohngegenden. Mal sehen, ob wir das Risiko eingehen können.« Er schüttete eine Handvoll Körner in den Futternapf.

»Jetzt sage ich mal Gerda Hallo«, beschloss Charlotte. Die Ziege kam meckernd näher. »Na, du olle Zicke.« Charlotte grinste und ließ sich ihre Hand ablecken. »Heute habe ich zwar kein leckeres Halstuch dabei. Aber du kannst mir zum Geburtstag gratulieren. Stell dir vor, ich bin nämlich schon fünfzehn. Aber leider war das kein besonders toller Tag. Auch wenn er gar nicht schlecht angefangen hat.« Sie erzählte der Ziege bis ins kleinste Detail, was seit Mitternacht passiert war, selbst den Kuss ließ sie nicht aus. »Erst war ich total verwirrt, und eigentlich war ich richtig erleichtert, dass gerade dann die Feuerwehr kam. Aber hinterher fand ich, dass es ein wenig schade war, und außerdem haben die Wahnsinnigen den ganzen Kuchen mitgenommen. **Wie fies ist das denn?** Heute Mittag hatte ich dann plötzlich Lust, Metin doch noch mal zu küssen. Also richtig, wenn du weißt, was ich meine. Da hat er gekniffen. Und seit Jamie da ist, weiß ich gar nicht mehr, was Sache ist. Eigentlich dachte ich ja, ich stehe auf himmelblaue Augen, aber gestern fand ich die von Metin total schön. Der hat fast so Augen wie der Typ aus *Twilight*, voll spacy. Aber wie dieser Jamie einen anguckt, das ist auch krass. Das müsstest du mal sehen …« Sie ließ sich erschöpft neben Gerda ins Gras sinken. »Jetzt mal ehrlich, Gerda. Ergibt das alles irgendeinen Sinn?« Sie kraulte die Ziege abwesend am Hals.

Gerda meckerte so verständnisvoll, als würde sie jedes Wort verstehen. Dann begann sie, an Charlottes Haaren herumzukauen.

»OH NEIN!«, kreischte Charlotte und sprang hektisch auf. »Das ist jetzt nicht wahr, dass du mich so eklig vollsabberst, oder? Und du stinkst aus dem Mund. Einfach nur **e-ke-lig!!!**« Sie wischte sich Gerdas Speichel angewidert aus dem Haar. Ein junger Esel, der soeben vorbeitrabte, blieb neugierig stehen und maulte sie an.

»Na, was gibt's da zu meckern?«, rief Charlotte und lachte. »Musst du jetzt auch noch deinen Senf dazugeben oder was?« Sie rannte weg.

»Und, hast du dich wieder ein bisschen beruhigt?«, fragte Michael, als sie an ihm vorbeistampfte.

Charlotte grinste verlegen. »Nicht wirklich«, gab sie zu. »Der Tag ist irgendwie seltsam.«

»Das ist mit Geburtstagen manchmal so«, tröstete Michael sie. »Daran gewöhnst du dich schon noch.«

Charlotte schüttelte den Kopf. »Ich will mich nicht daran gewöhnen. Ich will einen tollen Geburtstag haben!«

»Dann mach doch was Schönes daraus«, sagte Michael. »Liegt doch an dir.«

Auch wieder wahr, dachte Charlotte, als sie zurückbummelte. Was können andere dafür, dass ich mich doof fühle. Dabei weiß ich gar nicht genau, warum ich in so einer seltsamen Stimmung bin. Sie beschloss, ab jetzt gut gelaunt zu sein und den Rest des Tages richtig cool Geburtstag zu feiern. Vielleicht hatte Metin Lust, noch ein wenig mit ihr in der Hasenheide abzuhängen.

In der Bar saßen, oh Wunder, drei Gäste. Die beiden blonden Frauen, die wie Zwillinge aussahen, hatten Fahrradklamotten an, der Mann trug einen eleganten Anzug. Jamie half Barbara gerade beim Zubereiten der Sandwiches. Cool, der Junge. Als ob er noch nie etwas anderes gemacht hätte, als hier in der Bude zu stehen.

In null Komma nix hatte er ein Thunfisch-Sandwich, eines mit Eierpaste und das dritte mit Tomatenpesto gezaubert. Gleichzeitig hatte er die Teller auch noch mottomäßig gestylt. Das Thunfisch-Sandwich sah aus wie ein Schiff, das mit Ei wie ein Nest, und das mit Tomatenpesto erinnerte auf abenteuerliche Weise an Sommer in Italien.

»Wie geht's dir, Süße?«, fragte ihre Mutter besorgt. »Ist alles in Ordnung mit dir? Wo warst du? Kann es sein, dass du mir Stress mit Papa verschwiegen hast? Er war bereits fünf Mal auf meiner Mailbox.« Charlottes Mutter hatte die Gewohnheit, mehrere Fragen gleichzeitig hinauszuschießen. Am besten, man konterte mit Gegenfragen.

»Ist Metin schon gegangen? Ab wann fährst du deine Schicht? Hast du dir schon überlegt, wo Jamie schläft? Das Bett im Ankleidezimmer ist total zugemüllt.«

Ihre Mutter hielt erschrocken inne. »Ach ja. Daran habe ich gar nicht gedacht. Vielleicht kannst du wenigstens das Nötigste zur Seite räumen, Schatz. Ich mache den Rest dann morgen. Frisches Bettzeug müsste aber noch da sein. Das kannst du ja für Jamie aufziehen.«

Super. Nicht nur, dass an Charlottes Geburtstag ein wildfremder Untermieter in ihre gemütliche Wohnung zog. Jetzt durfte sie auch noch das Zimmermädchen spielen. Wirklich herrlich überraschend, ihr sogenannter Ehrentag. Sie schaute auf ihre Handyuhr. Noch sieben Stunden bis Mitternacht. Noch viel Zeit für noch mehr Chaos. Apropos Chaos.

»Und Metin? Wo ist der abgeblieben?«, fragte sie.

»Jungsabend«, antwortete ihre Mutter.

»Hä? Jungsabend? Wieso das denn? Hat er mir gar nicht

erzählt.« Sie runzelte die Stirn. Die Sache hörte sich irgendwie höchst verdächtig an.

»Lass ihm doch seinen Spaß. Ich finde, er wird sonst ziemlich kurzgehalten von seiner Mutter und den Mädchen. Der Jungsabend heute ist so was Ähnliches wie Polterabend, zusammen mit dem Verlobten von Sibel und seinen Kumpels.«

Charlotte schüttelte den Kopf. »Aber Sibel heiratet erst nächstes Wochenende. Polterabend ist immer direkt vor der Hochzeit.«

Sie räumte die leeren Teller ab. Die Gäste hatten ihre drei Sandwiches in Rekordgeschwindigkeit aufgegessen. »Darf es noch etwas sein?«, fragte sie.

»Nachtisch wäre cool«, sagte die eine Blondine. Sie pickte den letzten Krümel Thunfisch vom Teller, als wäre er aus Gold.

Charlotte machte ein bedauerndes Gesicht. »Tut mir leid. Heute gibt es ...«

Jamie unterbrach sie eilig. »... heute gibt es nur Crema Catalana und eine Früchtemousse auf Eis.« Er zwinkerte Charlotte verschwörerisch zu.

»Großartig«, antworteten die beiden Frauen im Chor. Die zweite Blondine sagte, nachdem der Anzugtyp zustimmend genickt hatte: »Wir probieren beides. Hört sich sehr vielversprechend an, was Sie uns da zaubern wollen.« Sie lächelte Jamie an.

»Na, dann bin ich aber auch gespannt«, sagte Charlotte.

»Nachspeisen sind meine Spezialität«, antwortete Jamie und grinste.

Im selben Moment summte Charlottes Handy.

Hey, Baby, bin mit den Jungs feiern. Mach dir noch 'nen schönen Abend mit dem irren Engländer. ☻

»Hä«, sagte Charlotte fassungslos. »Jetzt geht's aber echt los.«

Sie schaltete ihr Handy aus. »Wo findet der Polterabend denn statt?«, fragte sie.

»Das ist doch kein richtiger Polterabend. Ich glaube, eher ein Junggesellenabschied, die Männer gucken sich eine Bauchtanz-Aufführung an, und die Frauen machen gleichzeitig eine Art Kuchenback-Wettbewerb«, sagte ihre Mutter.

Charlotte riss die Augen auf. »Das ist ja das Langweiligste, was ich je gehört habe«, sagte sie. Dabei ließ sie offen, ob sie den Bauchtanz oder das Kuchenbacken meinte.

»Oh, da wäre ich gerne dabei«, sagte Jamie, während er Kiwis und Granatäpfel pürierte und Eis crushte. Das ging alles ruck, zuck.

»Das glaube ich sofort, dass du Bauchtanz gut findest«, sagte Charlotte. »So was gibt's bei euch in England sicher nicht, oder?«

Jamie nickte. »Du hast recht. Solche Bars kenne ich in London nicht. Aber ich meinte eigentlich das Backen. Ich lasse mich gerne von anderen Kulturen inspirieren.« Er lachte über Charlottes überraschten Gesichtsausdruck und rührte die Crema Catalana an.

In diesem Moment wusste sie, dass ihre Prognose, dass dieser Tag Potenzial hatte, noch irrer zu werden, goldrichtig gewesen war.

11

JAMIE MUSSTE NOCH vier weitere Crema Catalana und dreimal *Kreuzberg-meets-Mittelmeer-Crush*, wie Charlotte die köstliche Fruchtmousse nannte, für die Gäste zubereiten, bevor er seinen Koffer endlich in Charlottes Wohnung schleppen durfte.

Es hatte sich nämlich nach den ersten zwei Prototypen wie ein Lauffeuer auf der Oranienstraße herumgesprochen, dass es in der Sandwich-Bar heute superleckeren Nachtisch gab. Irgendwann waren alle Zutaten bis auf den letzten Puderzucker aus gewesen. Umsatz von über hundert Euro an einem Nachmittag hatte die Registrierkasse der Bar schon eine halbe Ewigkeit nicht mehr gesehen, und Charlottes Mutter hatte den Geschirrberg abgewaschen, bevor ihre Taxitour begann.

»Das ist dein Zimmer!« Charlotte drückte die Tür zum Ankleidezimmer auf.

Sie blickten auf eiffelturmhohe Wäscheberge. Auf dem Bett waren zwei Dutzend Schuhe nach Farben und Formen nebeneinander aufgereiht. Eine unbekleidete Schaufensterpuppe stand in der Ecke, nur eine Pelzmütze bedeckte ihren kahlen Schädel.

»Oh, wow!«, sagte Jamie beeindruckt.

Charlotte nickte. »Ja, irgendwie haben wir ziemlich viel Krempel, aber Mama und ich schmeißen nie was weg. Es ist leider ein bisschen unordentlich. Wir haben es nicht geschafft, die Wintersachen wegzupacken. Für die Altkleidersammlung wollten wir auch noch aussortieren. Die Schuhe auf dem Bett könnten wir aber einfach in einen Umzugskarton packen, Mäntel und so weiter auch. Geht am schnellsten. Gefällt's dir? Das Zimmer ist wirklich größer, als man auf den ersten Blick denkt.«

Jamie machte einen vorsichtigen Schritt in das Zimmer und stieg auf eine Quietscheente. Erschrocken hüpfte er nach vorne. Charlotte kicherte. »Na ja. Das Esplanade ist es nicht gerade. Eher die Villa Kunterbunt.«

»Villa Kunterbunt?«, fragte Jamie verständnislos.

Charlotte lachte. »Das Haus von Pippi Langstrumpf. Aber ein Pferd passt nicht auf unseren Balkon.«

»Oh, I see«, sagte Jamie höflich.

Charlotte musste plötzlich lachen. »Nee, glaube ich nicht. Ich vermute mal, du peilst gerade nicht besonders viel. Tut mir echt leid, Jamie.«

Jamie guckte verwirrt.

»I'm so sorry, würdest du vermutlich sagen.«

»Oh, nein«, meinte Jamie. »Das ist absolut okay.«

Charlotte begann geschäftig, Wäsche in die Kartons zu stopfen. »Das war mal das Zimmer von Papa, jetzt ist es leider eine echte Rumpelkammer geworden. Aber wenn ich noch ein bisschen aufräume, wird es dir bestimmt gefallen. Die Puppe können wir auf den Balkon stellen.

Sie zeigte auf eine Tür, die hinter einer Kleiderstange verborgen war. »Den Balkon nutzen wir nicht. Früher haben meine Eltern da mal Gemüse gezüchtet, Tomaten, Gurken und so …« Sie klappte die Koffer zu. »Hilf mir mal, die Dinger übereinanderzustapeln.«

Nach einer halben Stunde sah das Zimmer tatsächlich ganz gut aus. Charlotte warf sich erschöpft auf das Bett. »Ich bin vielleicht fertig. Bettzeug suche ich gleich noch. Ich brauche mal 'ne kleine Pause. Wie spät ist es eigentlich?«

Sie holte ihr Handy aus der Hosentasche, um auf die Uhr zu schauen. Ach, das Handy hatte sie ja ausgemacht. Sie überlegte kurz, zu checken, ob Metin sich noch mal gemeldet hatte. Nein. Sie steckte das Handy weg.

»Es ist zehn Uhr«, sagte Jamie.

»Noch zwei Stunden, dann ist mein Geburtstag vorbei«, sagte Charlotte und seufzte. »Schade eigentlich. Jetzt hatte ich mich gerade daran gewöhnt. Wie alt bist du eigentlich?«

»Siebzehn«, antwortete Jamie. »Ich hatte im Mai Geburtstag.«

»Hey«, rief Charlotte. »Dann hast du ja dasselbe Sternzeichen wie mein Papa, Zwilling. Die sind immer ein wenig abgehoben. Ich bin Krebs. Die sind schnell beleidigt. Isst du eigentlich auch keinen Fisch? Ich mag am liebsten Muscheln. Früher war ich oft am Meer. Da gab es die immer in so einem Teig gebacken.« Sie schob die Kleiderstange beiseite und öffnete die doppelte Balkontür. »Hilf mir mal mit Chantal.«

»Who?«, fragte Jamie verwirrt.

»Na, die Schaufensterpuppe. Die nimmt hier drin so viel Platz weg. Die stellen wir raus.«

Jamie zögerte. »Ich weiß nicht, ob das eine gute Idee ist …« Er guckte verlegen.

»Wieso nicht?« Plötzlich ging ihr ein Licht auf. »Ach, weil Chantal nackig ist!« Sie kicherte. »Da guckt doch keiner. Aber wir können sie gerne anziehen. Vielleicht ein Bikini oder so?«

Jamie sah sich um. Dann nahm er einen giftgrünen Wollmantel von der Stange und umhüllte Chantal damit. »Das passt gut zum Pelz«, sagte er. »Dann muss sie aber auch noch Handschuhe kriegen«, sagte Charlotte und holte aus einer Kiste gestrickte Norweger-Fäustlinge. »Jetzt ist sie echt schick.«

Sie trugen Chantal vorsichtig auf den Balkon hinaus.

»Nice«, sagte Jamie. »In unserer Londoner Wohnung haben wir nicht so viel Platz.«

Auf den Steinfliesen standen überall vertrocknete Kräutertöpfe. In eines hatte ein Vogel ein Nest gebaut. Es war bis auf drei winzige Eierschalen leer.

»Ausgeflogen«, sagte Charlotte und blickte in den hohen Akazienbaum vor dem Balkon.

Jamie beugte sich über das Geländer und sah hinunter in den begrünten Hinterhof. Die Leute aus der Erdgeschosswohnung hatten Gartenstühle aufgestellt und grillten unter einer bunten Lichterkette.

»Da wohnt der Typ aus dem Farbenladen von gegenüber. Im Sommer macht der mit seinen Leuten jeden Abend richtig big Party mit cooler Musik«, klärte Charlotte Jamie auf. »Was hörst du eigentlich so? Willst du Cola? Komm, wir machen uns in Mamas Zimmer breit. Da können wir auch Musik hören.«

Als Charlotte mit der Colaflasche und zwei Gläsern aus der Küche zurückkam, war Jamie gerade dabei, seinen iPod mit der Anlage zu verbinden.

»Ich war zu meinem Geburtstag bei dem Konzert von *One Direction* im Wembley-Stadion«, sagte er. »Kennst du *Midnight Memories*?«

Charlotte entglitt beinahe die kalte Colaflasche, so zuckte sie zusammen.

Oh boy. Seit gestern hatte sie ihre ganz eigene Mitternacht-Erinnerung. »Klar, kennt doch jeder«, antwortete sie betont lässig. »Coole Jungs.« Sie schraubte die Colaflasche auf. »Chips und Flips sind definitiv aus. Es gibt nur noch Cola pur ohne Eis.«

»No problem«, sagte Jamie. Er warf sich in die riesige Sofalandschaft und aktivierte die Fernbedienung.

Straight off the plane to a new hotel
Just touched down, you could never tell,
sang Harry Style.

Charlotte kuschelte sich in die Sofaecke. Sie schloss die Augen. Plötzlich sah sie wieder die vielen bunten Teelichter auf dem Dachboden.

Now I'm at the age when I know what I need.
… Baby you and me.
…
Anywhere we go never say no.

Charlotte seufzte tief.

»*Anywhere we go never say no*«, sang Jamie. »*Midnight memories.*«

Charlotte schlug überrascht die Augen auf. Jamie hatte eine wunderschöne Stimme.

»Das war so crazy«, schwärmte Jamie. »Bei diesem Song schwenkten plötzlich alle im Publikum Leuchtstäbe, und die Bühne war übersät mit tausend kleinen Lichtern. Wenn die mal nach Berlin kommen, musst du unbedingt zu einem Konzert gehen.«

Er sah zu Charlotte hinüber. »Müde?«

Charlotte nickte. »Ein bisschen. War echt ein verrückter Tag heute. Ich brauche ein paar Tage Urlaub von meinem Geburtstag, glaube ich.« Sie dachte nach. »Das will ich dich schon die ganze Zeit fragen: Warum kannst du Deutsch? Also, ich meine, so gut Deutsch.«

»Mein Vater ist in Hamburg geboren«, antwortete Jamie. »Bis ich fünf Jahre alt war, haben wir dort sogar gewohnt. Und dann haben meine Eltern mich zweisprachig erzogen. Ich glaube, in Hamburg haben sich deine Mutter und meine Mutter kennengelernt.«

Charlotte rutschte näher an Jamie heran. »Echt? Das wusste ich gar nicht. Erzähl.«

Jamie zuckte mit den Schultern. »So genau weiß ich das auch nicht. Auf jeden Fall war es auf einer Party. Ein Jahr später sind meine Eltern nach London gezogen, ihr habt uns in London besucht, und du hast dich in ein Cookie-Monster verwandelt.«

Charlotte schnappte sich ein Kissen und warf es nach

Jamie. »Hey, pass auf. Sonst schicke ich dir heute Nacht Chucky, die Puppe …«

Jamie lachte. »Den Film darfst du doch noch gar nicht gucken. Der ist erst ab sechzehn.« Er warf das Kissen zurück.

»Dann kommt Chantal«, drohte ihm Charlotte. »Das ist die große Schwester von Chucky.«

Jamie schlug die Hände vor sein Gesicht. »Oh, jetzt fürchte ich mich aber sehr!«

Sie mussten beide lachen.

One Direction sangen *Story of my life*, und Jamie zappte mit seiner Fernbedienung schnell weiter.

»Lass!«, rief Charlotte. »Das Lied ist doch voll schön, so richtig traurig. Das spielen sie bei uns gerade überall im Radio.« Sie nahm ihm die Fernbedienung weg und switchte zurück.

»I don't like it«, sagte Jamie und eroberte die Fernbedienung zurück.

Er drückte auf **Off**.

»Wieso machst du das Praktikum eigentlich hier in Berlin?«, fragte Charlotte neugierig. »Kann man das nicht in London machen?« Plötzlich hatte sie das Gefühl, dass mehr dahintersteckte. Schließlich wusste er nicht einmal, wo er sein Praktikum gerne machen wollte.

»Wieso nicht?«, fragte er.

Charlotte lachte. »Auf die Nummer falle ich nicht rein. So mache ich das mit meiner Mum immer, wenn ich ihr nicht antworten will. Aber ich kenne den Trick. Los. Sag, warum.«

»Berlin ist eine Reise wert.« Jamie grinste.

»Das ist nicht dein Ernst!«, rief Charlotte. »So ein Quatsch. Sag sofort, warum. Sonst erwecke ich Chantal zum Leben, und die quält dich dann die ganze Nacht.«

Jamie schüttelte den Kopf. »You are really crazy«, sagte er.

Er schwieg einen Moment lang. Dann sagte er: »Es ist wegen Rosalie.«

An ein Mädchen hatte Charlotte jetzt so gar nicht gedacht. Aber klar. Natürlich hatten Jungs mit tiefseeblauen Augen Freundinnen. Vermutlich sogar jede Menge.

»Deine Freundin?«, fragte sie, und sie konnte sich nicht erklären, warum sie sich plötzlich komisch fühlte.

»Ex«, sagte Jamie.

»Das tut mir leid«, sagte Charlotte. »Und jetzt bist du abgehauen, damit du sie vergisst?«

»So ungefähr«, erwiderte Jamie.

»Und da ist nichts mehr zu machen? Wie lange wart ihr denn zusammen?«

»Genau ein Jahr. We met on my birthday and we split on my birthday.«

»Was?«, sagte Charlotte. »Sie hat an deinem Geburtstag mit dir Schluss gemacht?«

Jamie antwortete nicht.

»Du hast an deinem Geburtstag mit ihr Schluss gemacht …«

»Possible«, sagte Jamie.

»Das ist ja unglaublich«, sagte Charlotte. »Wahrscheinlich noch bei *One Direction*. Dann bist du aber selber schuld. Warum habt ihr denn Schluss gemacht?«

Jamie lächelte sie an. »Du willst aber ziemlich viel wissen. That's private.«

Charlotte wurde rot. »Sorry. Aber so was regt mich immer total auf.« Sie schwieg einen Moment. »Na, wenigstens tut es dir leid. Du bist aber selber schuld.«

Jamie sah sie überrascht an. »Wieso tut es mir leid?«

Charlotte grinste. »Na, weil du den Lovesong von *One Direction* nicht abkannst, ohne fast loszuheulen. Ich verstehe nicht, warum ihr Jungs immer so überstürzt Schluss macht. Kannst du mir das verraten?« Sie sah Jamie herausfordernd an. »Mit elf Jahren war ich drei Tage mit einem Jungen aus meiner Klasse zusammen. Der hat mir superschöne Gedichte geschrieben. Und dann kam plötzlich eine SMS mit dem Satz: **Es ist Schluss**. Ich habe so geheult und wollte gar nicht mehr in die Schule gehen. Mama hat mich aber in die Schule geschleift und meinte, da muss ich durch. Als ich ihn fragte, warum er mir die SMS geschrieben hatte, antwortete er: ›Keine Ahnung, einfach so. Sonst hättest bestimmt **du** mit **mir** Schluss gemacht.‹ Das ist doch blöd, oder?«

Jamie starrte nachdenklich an die Decke. Dann sah er sie direkt an. »Ja. Das ist wirklich blöd. Der Junge hätte nicht so feige sein sollen.«

Er hatte wieder diesen Hypnose-Blick, von dem Charlotte nicht sicher war, ob er nicht doch durch Kontaktlinsen verursacht wurde, weil man ihm irgendwie nicht ausweichen konnte und immer weiter hingucken musste.

»Sag mal«, riss sie sich mühsam los. »Bist du eigentlich kurzsichtig oder so was?«

Jamie machte ein verblüfftes Gesicht. »Nein, wieso? Ich sehe perfekt.«

Charlotte holte tief Luft. Das ist aber wirklich ungewöhnlich. Okay. Ich muss mir dringend ein Mittel gegen Tiefsee-Hypnose überlegen. Sie gähnte. »Ich muss sofort schlafen, ich bin total müde.«

»Me too«, antwortete Jamie. »Midnight. Your birthday is over.«

Er lächelte sie an. »Sweet dreams, Cookie.«

12

AM NÄCHSTEN MORGEN klingelte es an der Haustür Sturm. Charlotte zog sich die Decke über ihren Kopf und drückte sich tiefer in die Kissen.

»Charlotte? Da ist ein Mann, der möchte unbedingt deine Mutter sprechen. Ich wollte sie nicht wecken.«

Charlotte setzte sich verschlafen in ihrem Bett auf und starrte Jamie einen Moment lang verwirrt an. Ach ja. Dieser Typ wohnte ja seit gestern bei ihnen.

»Aber mich schon, oder was?« Charlotte war ein klassischer Fall von Morgenmuffel. Jeder Morgen war ein neuer Kampf für sie. »Was will er denn?«, fragte sie. »Mama muss schlafen, sie hatte Nachtschicht. Und ich muss schlafen, weil es erst neun ist und ich Ferien habe«, antwortete sie mit einem kurzen Blick auf ihren Wecker.

»Er hat mir so einen komischen Ausweis gezeigt. Vielleicht Polizei oder so.«

Charlotte schoss wie eine Rakete hoch. Oh nein, bestimmt wegen der Dachbodenaktion. Vielleicht hatten sie schon rausgekriegt, dass Metin und sie beinahe das Dach angefackelt hätten. Das ging aber schnell. Vielleicht konnte sie noch was retten.

»Okay, ich komme«, sagte sie und sprang hektisch aus dem Bett.

Schnell fuhr sie in ihre Jeans und steckte das Schlafshirt in die Hose. Dann rannte sie barfuß zur Tür.

Der Mann trug trotz Sommer einen grauen Anzug, ein weißes Baumwollhemd und blank geputzte Schuhe. Sogar einen weinroten Schlips mit roten Punkten hatte er umgebunden. Er war schon älter und hatte einen grauen Haarkranz mit Halbglatze, auf der sich kleine Schweißperlen gebildet hatten. Kein Wunder, so dick, wie er angezogen war. Neben sich auf dem Fußboden hatte er einen schwarzen Aktenkoffer abgestellt. Charlotte scannte den Mann sekundenschnell ab. Polizist in Zivil, das konnte schon passen.

»Einen schönen guten Morgen«, sagte der Mann. »Wo haben wir denn die Frau Ritter, mein Fräulein?«

»Meine Mutter schläft. Sie hatte Nachtschicht«, sagte Charlotte abweisend. »Wer sind Sie denn?«

Sie hatte plötzlich ein ganz mulmiges Gefühl.

Der Mann seufzte. »Jemand, den niemand gerne im Haus hat. Aber ich tue nur meine Pflicht. Kurt Königer, Gerichtsvollzieher.«

Charlotte stieß einen erstickten Schrei aus. »Was? Wieso denn? Nehmen Sie jetzt unsere Sachen mit?«

Kurt Königer schüttelte den Kopf. »Nee, nee. So schnell geht das nicht. Ich habe hier einige offene Rechnungen.« Er beugte sich zu seinem Koffer hinunter und ließ das Schloss aufschnappen. Geschäftig zog er einen Stapel zusammengeklammerter Briefe heraus und wedelte damit herum.

»Im Internet geshoppt und vergessen zu zahlen, die liebe Frau Mutter?«, sagte er.

»Nein, das kann nicht sein, das macht meine Mutter nicht. Das sind bestimmt Waren für den Laden gewesen. Meine Mutter hat doch die Sandwich-Bar. Kann sie bei Ihnen anrufen, wenn sie aufgewacht ist? Sie ist die ganze Nacht Taxi gefahren.«

Der Gerichtsvollzieher schüttelte bedauernd den Kopf. »Das geht nun leider nicht. Irgendetwas muss beglichen werden, sonst kann ich hier nicht weggehen, da die Schuldnerin ja anwesend ist. Wenn auch schlafend«, leierte er in schleppendem Tonfall seinen Spruch herunter.

Charlotte hasste es, wenn man sie mit *Fräulein* anredete. Noch schlimmer war nur *mein Fräulein*. Sie hatte das Gefühl, dass ihr jeden Moment die Sicherungen durchbrannten. Aber da musste sie jetzt durch. Schließlich ging es um Mama. Sie dachte nach.

»Warten Sie kurz«, sagte sie und raste zurück in ihr Zimmer. Sie holte den Briefumschlag mit den hundert Euro, die ihr Mama zum Geburtstag geschenkt hatte. Eilig hetzte sie zur Tür zurück.

»Hier«, sagte sie atemlos und hielt dem Gerichtsvollzieher den Schein hin. »Reichen hundert Euro als Anzahlung aus? Mama ruft Sie später an, wenn sie auf ist. Bitte lassen Sie sie ausschlafen. Sie hat ja jetzt einen Job. Da kann sie die Schulden auch ganz schnell abbezahlen.«

Der Gerichtsvollzieher zögerte. »Na ja. Legal ist das aber nicht. Du bist ja noch minderjährig.«

Charlotte setzte ihren Hundebettelblick auf. Der funktionierte bei ihrer Mutter gar nicht, aber bei Papa hatte das früher immer geklappt. »Können Sie nicht ein Mal eine Ausnahme machen? Mama arbeitet total viel, und ich hatte gestern Geburtstag. Bitte.«

Der Gerichtsvollzieher gab sich einen Ruck. Er holte einen Quittungsblock aus der Innentasche seiner Anzugjacke und schrieb den Empfangsbeleg aus. Den gab er Charlotte, zusammen mit einem Zettel. »Da stehen meine Sprechzeiten drauf. Richte deiner Mutter bitte aus, dass sie dringend vorbeikommen muss, um ihre Schulden mit mir zu besprechen. Ein nächstes Mal klappt das nicht.« Er nahm die hundert Euro und steckte sie in eine dicke Brieftasche voller Scheine. »Ich sag jetzt mal Tschüss und nicht Auf Wiedersehen. Mich treffen die Leute ja nicht so gerne. Aber das macht mir nichts aus. Sonst hätte ich Schornsteinfeger werden müssen.« Er grinste über seinen müden Scherz. »Wie alt bist du denn geworden?«

»Fünfzehn«, antwortete Charlotte mit trockener Kehle.

»Fünfzehn, ach.« Der Gerichtsvollzieher seufzte. »Jugendzeit, schöne Zeit.«

Er hob die Hand und verschwand ins Treppenhaus.

»Na, ich weiß nicht«, murmelte Charlotte. Sie wankte in die Küche und ließ sich erschöpft auf einen Stuhl fallen.

»Problems?«, fragte Jamie mitfühlend.

»Jede Menge«, stöhnte Charlotte. »Der Tag fünfzehn und eins hat nicht gerade prickelnd begonnen.«

»Warum wollte der Mann Geld?«, fragte Jamie. Er hatte Tee zubereitet und stellte Charlotte einen Becher hin. »Die Milch ist übrigens sauer«, sagte er.

»Weil meine Mutter Rechnungen nicht bezahlt hat«, erklärte Charlotte.

Jamie nickte. »Ich verstehe. Die Sandwich-Bar läuft nicht so gut, oder?«

Charlotte schüttelte den Kopf. »Gar nicht. Es kommen kaum noch Gäste. Wir haben zu viel Konkurrenz. In den anderen Läden gibt es auch belegte Brote oder italienische Ciabattas, und die Karte ist viel größer. Aber dafür müssten wir eine Küchenhilfe einstellen, es müssten mehr Vorräte angeschafft werden, und dafür hat meine Mutter kein Geld. Außerdem ist sie kein richtiger Koch.«

Jamie goss Tee nach. »Das ist alles kein Grund. Wieso stehen eigentlich diese Profiherde in der Bar, wenn sie gar nicht benutzt werden?«

»Früher war das eine Bäckerei mit Café. Sie gehörte meinem Opa.«

Jamie guckte überrascht. »Cool«, sagte er. »Funktionieren sie noch?«

»Klar«, antwortete Charlotte. »Mama backt immer das Brot darin auf. Was machst du heute? Checkst du die Restaurants wegen Praktikum und so?«

Jamie überlegte. »Ja, ich weiß gar nicht genau. Ich kenne die Namen von ein paar Restaurants, die sehr bekannt sind, auch in London. In einem der Restaurants arbeitet der Onkel von Rosalie als Chef de Cuisine. Es heißt *Perior*. Kennst du das?«

Charlotte lachte. »Nee, ich war noch nie in so einem Luxusschuppen. Mama und ich gehen nur mal Nudeln oder Tapas essen. Hier um die Ecke ist der *Würgeengel*, da hat

Mama früher mal gekellnert. Die haben ab und zu echt leckere Spaghetti, gar nicht teuer.« Sie rührte in ihrem Becher. »Und Rosalie ist auch in der Kochbranche? Darauf hätte ich keine Lust.«

Charlotte stand auf und guckte in die leere Brotdose. »Oh Mann, hier ist aber auch gar nichts mehr zu essen.« Schließlich fand sie noch einen Zwieback.

»Dieser Igel ist doch bestimmt lecker«, sagte Jamie und zeigte auf Charlottes Geburtstagskuchen, der noch unberührt auf der Anrichte stand, zusammen mit den Röschen und dem Efeu.

»Nicht schon wieder Kuchen«, sagte Charlotte. »Aber du kannst gerne davon probieren.« Sie holte ein Messer aus der Schublade und schnitt den Igel an.

»Lecker!«, sagte Jamie und kaute konzentriert darauf herum. »Deine Mutter kann gut backen. Warum verkauft ihr keinen Kuchen in der Bar?« Er nahm sich ein zweites Stück. »Glaubst du, ich darf in dem Backofen der Bar eine Torte backen?« Er zerkrümelte den Kuchen auf seinem Teller, um genau herauszufinden, was er für Nüsse enthielt.

»Zermatschen alle Köche ihr Essen so?«, fragte Charlotte. »Das ist doch unappetitlich. Macht Essen denn so überhaupt noch Spaß? Ich finde es cool, wenn etwas lecker schmeckt, es wie eine Irre in mich hineinzustopfen. Das habe ich früher schon so gemacht, auch wenn Mama dann geschimpft hat. Ich habe aber nie Bauchweh gekriegt. Mein Rekord waren vier Pfannkuchen in einer Minute. Mit Metin habe ich im Kindergarten immer Döner-Wettessen gemacht. Meistens habe ich gewonnen.«

Jamie lachte. »Ihr kennt euch ja schon lange.«

Charlotte nickte. »Ja, eine halbe Ewigkeit. In der Grundschule fand ich ihn dann eher doof, aber seit meine Eltern geschieden sind, sind wir **best friends**. Seine Eltern sind auch geschieden, aber er hat fünf Schwestern. Seiner Mama gehört der Friseurladen nebenan.«

»**Best friends?**«, hakte Jamie nach. »Ich war sicher, Metin ist dein **boyfriend**.«

Charlotte spürte, wie Hitze in ihren Nacken stieg. »Wie kommst du denn darauf?«, fragte sie.

»Es kommt mir so vor. Ein Mädchen und ein Junge … best friends … that's tricky«, sagte Jamie.

»Oh Mann, bist du spießig«, regte sich Charlotte auf. »Dass Jungs immer denken, so was klappt nicht, das nervt!« Sie knallte ihren Becher so heftig auf den Tisch, dass der Tee überschwappte.

»Was nervt, Süße?« Ihre Mutter war unbemerkt in die Küche gekommen und hatte Charlottes Wutausbruch mitgekriegt. »Oh, Tee, super.«

Sie nahm sich eine Tasse und öffnete den Kühlschrank. »Die Milch ist sauer, Mama«, sagte Charlotte. »Jamie denkt, Metin und ich sind zusammen. Der größte Quatsch unter der Sonne.«

Barbara lächelte. »Na, so schlimm wäre das auch wieder nicht«, sagte sie. »Er ist doch ein netter Junge. Du musst ihn ja nicht gleich heiraten.«

Charlotte wurde knallrot. »**Oh boy.** Bitte, Mama! Wach erst mal richtig auf.«

Ihre Mutter sah Charlotte erstaunt an. »Jetzt krieg dich

mal wieder ein, Kind«, sagte sie. »Es gibt überhaupt keinen Grund, mich so anzupampen.« Sie trank einen heißen Schluck Tee und schaute in den Spiegel, der über der Spüle hing. »Oh nein«, sagte sie. »Ich sehe ja grauenhaft aus. Ich habe in den letzten zwei Nächten mindestens zehn Falten mehr gekriegt. Die Touristen sind so anstrengend, und sie lassen sich den Fahrpreis bis auf den letzten Cent rausgeben.« Sie rieb in ihrem Gesicht herum. »Was war das eigentlich für ein Krach an der Tür vorhin? Ich habe das Klingeln trotz Ohrstöpsel gehört.«

Charlotte holte tief Luft. »Da war so ein Typ, ein Herr Königer, der wollte dich dringend sprechen.«

Ihre Mutter drehte sich um. »Königer?«, überlegte sie. »Königer … nee. Kenn ich nicht. War bestimmt nur einer, der mir ein Zeitungsabo verkaufen wollte. Hast du ihn abgewimmelt?«

Charlotte schüttelte den Kopf. »Nicht wirklich. Das war der Gerichtsvollzieher.«

Barbara stieß einen erschreckten Laut aus. »Mist! So ein Mist. Oh Mann, Süße, das tut mir so leid, dass du dich mit so einem schrecklichen Menschen herumschlagen musstest. Warum hast du mich nicht geweckt?« Sie hatte rote Flecken im Gesicht.

»Der war eigentlich ganz nett. Hat zwar ein bisschen komisch geredet, aber er war nicht fies. Du sollst in seine Sprechstunde kommen, das musst du auch unbedingt machen, Mama. Ich wollte dich nicht wecken, weil du doch eh so wenig schläfst.« Sie hielt ihrer Mutter den Zettel mit den Sprechzeiten hin. Von den hundert Euro sagte sie nichts.

Ihre Mutter schüttelte immer noch fassungslos den Kopf. »Ach Mensch. Was du alles erleben musst. Es tut mir ja so leid. Aber du hast recht. Ich werde mich gleich heute Nachmittag auf die Socken machen, damit nichts Schlimmes passiert.« Sie sah sich um. »So richtig mitnehmen können die hier eh nichts. Bis auf den Kühlschrank ist schon alles uralt. Ein Glück fahre ich jetzt Taxi. Und gleichzeitig muss ich unbedingt das neue Ladenkonzept ausarbeiten. Wenn ich nur wüsste, wie.«

Charlotte umarmte ihre Mutter tröstend. »Das wird schon, Mami.«

Barbara lächelte traurig. »Ach, wenn du nur recht hättest.« Sie biss sich auf die Unterlippe. »Kannst du dann heute Nachmittag wieder die Stellung halten, bis ich von diesem Herrn zurück bin?«

»Klar, kein Problem. Jamie wollte auch gerne eine Torte in Opas Backofen backen. Dann sind wir zu zweit. Stimmt's, Jamie?« Sie schaute zu Jamie hinüber, der die ganze Zeit am Fenster gestanden und wortlos zugehört hatte.

Er nickte. »Ja. That's right. Vorher rufe ich im *Perior* an, und danach kaufe ich die Zutaten für meine Torte ein.«

Charlottes Mutter seufzte erleichtert. »Dann ist ja alles geregelt. Sobald ich fertig bin, löse ich euch ab.«

13

GLEICH NACH DEM FRÜHSTÜCK war Jamie in das Ankleidezimmer verschwunden, um zu telefonieren, und tauchte eine halbe Ewigkeit nicht mehr auf.

»Wieso quasselt der denn so lange?«, fragte Charlotte. »Ich muss gleich die Bar aufschließen.« Sie nagte genervt an ihren Fingernägeln herum, bis der rosa Lack, den sie aufgetragen hatte, absplitterte.

»Na, wahrscheinlich spricht er mit seiner Freundin.« Ihre Mutter lachte.

»Quatsch. Der hat gar keine. Er wollte nur mit diesem Küchenchef aus dem *Perior* telefonieren, wegen dem Praktikum.«

Barbara guckte erstaunt. »Wie? Ist er nicht mehr mit Rosalie zusammen? Das war doch so **big love**.«

»Hä? Wieso quatscht Jamie mit dir über diese Rosalie?«

Charlottes Mutter schüttelte den Kopf. »Doch nicht Jamie. Penny hat mir von den beiden erzählt, dass sie so wahnsinnig ineinander verliebt seien. Deshalb wollte Jamie sein Praktikum auch unbedingt in London machen. Aber anscheinend hat er es sich ja anders überlegt. Ist immer gut, eine Weile im Ausland zu leben. Gerade wenn man diesen Beruf lernt.«

Charlotte atmete tief ein. »Möchte nicht wissen, was ihr alles über mich tratscht. Warum reden Mütter immer so viel über ihre Kinder? Geht doch niemanden etwas an.«

Barbara lachte. »Das ist doch nicht tratschen, wir machen uns nur Gedanken über euch. Freu dich doch. So wichtig seid ihr.«

Charlotte guckte skeptisch. »Na, ich weiß nicht, ob ich das wirklich gut finde. Aber ihr kriegt auch nicht alles mit. Jamie und Rosalie haben nämlich Schluss gemacht.«

Barbara guckte interessiert. »Ach, und das weißt du nach einem Tag?«

Charlotte zuckte mit den Schultern. »Hat sich so ergeben.« Sie horchte an der Tür vom Ankleidezimmer. »So, jetzt reicht es mir aber. Der Junge soll endlich in die Pötte kommen.« Sie klopfte leise an die Tür.

»Warum gehst du nicht einfach schon mal vor, ich sage ihm Bescheid«, rief ihre Mutter.

Überrascht stellte Charlotte fest, dass das Ankleidezimmer leer war. Dafür stand die Balkontür offen. Jamie lehnte lässig an Chantal und lachte in sein Handy. Als er sie entdeckte, zuckte er wie ertappt zusammen und sagte: »One second.«

Charlotte runzelte die Stirn. »Ich geh schon mal vor«, sagte sie und trat überstürzt den Rückzug an.

Jamie nickte und drehte sich gleich wieder zu Chantal um. »So. Here I am, listening again …«

»Und?«, fragte ihre Mutter.

»Er telefoniert«, sagte Charlotte. »Ich geh schon mal vor. Er telefoniert vermutlich noch ein halbes Jahrhundert. Wahrscheinlich mit England.«

Ihre Mutter grinste. »Sag ich doch …« Sie ließ offen, was genau sie damit meinte. Gerade als Charlotte zur Tür hinauswollte, rief sie ihr hinterher: »Ach, beinahe hätte ich es vergessen. Metin rief gerade bei mir auf dem Handy an. Er fragte mich, was mit dir los sei. Dein Handy ist seit gestern aus.«

Das hatte Charlotte ganz vergessen. Na ja, er hatte ja sicher genug Spaß beim Bauchtanz gehabt. »Was soll mit mir los sein?«, fragte Charlotte gereizt. »Handy ist halt mal aus. Na und? Bin ich eine Talk-Maschine? … Aber danke, Mami!«, rief sie. »Bis später.«

Charlotte hatte bereits ein Sandwich mit dem Spezialquark von Jamie an den Zeitungshändler nebenan verkauft und drei Cappuccino an Rucksacktouristen, als Jamie endlich auftauchte.

»Na«, sagte sie. »Hat der Küchenchef gleich sein Einstellungsgespräch am Telefon mit dir gemacht?«

Jamie schüttelte den Kopf. »No.« Mehr sagte er nicht.

»Und wann kannst du dich dort vorstellen?«, bohrte sie nach.

»Er ruft mich zurück. Er hatte gerade ein anderes Gespräch in der Leitung«, antwortete Jamie.

»Na, ein Glück, dass man jetzt vom Handy aus auch einigermaßen billig ins Ausland telefonieren kann«, startete Charlotte einen weiteren Versuch.

»Yes«, sagte Jamie.

Plötzlich merkte Charlotte, dass sie bereits dieselbe Fragetechnik wie ihre Mutter benutzte. Das war ja peinlich.

»Ich gehe einkaufen«, sagte Jamie. »Wo ist der nächste supermarket?«

»Direkt am Kotti«, antwortete Charlotte knapp.

»Sorry?«

Charlotte grinste in sich hinein. »Die Oranienstraße runter, dann in die Adalbertstraße abbiegen, immer geradeaus bis zum Kottbusser Tor. Da an der Ecke gibt es ein Geschäft mit dem Namen *Kaiser's*. Besser gesagt, dort gibt es zwei davon. Das eine ist ziemlich Eighties, aber irgendwie immer noch cool, das andere ist moderner und wahrscheinlich besser für deinen Backkram.«

Jamie nickte. »Thanks.« Er ging los.

»Bring Milch mit und Sahne und noch Granatäpfel und Kiwis und die anderen Zutaten, die man für dein tolles Fruchtdingens so braucht … bitte«, rief ihm Charlotte hinterher.

Jamie hob die Hand und verschwand.

»Der Typ ist auch nicht ganz einfach«, sagte Charlotte in die Espressomaschine. »Kommunikation ist bei Jungs echt ein schwieriges Kapitel.« Ein rotes Licht leuchtete auf, und der Kaffeefluss stockte. Sie verpasste der Maschine einen heftigen Klaps. Der Kaffee floss weiter. »Na also. Geht doch!«, sagte sie zufrieden und zauberte ein hübsches Milchschaumhäubchen obendrauf.

»Einen Espresso macchiato«, rief sie und trug den Espresso mit braunen Zuckerwürfeln zu dem Tisch an der

Tür, an dem der einzig übrig gebliebene Stammgast der Sandwich-Bar saß. Sergio hatte ein Schmuckgeschäft am Moritzplatz, und Charlotte hatte den Verdacht, dass er heimlich in ihre Mutter verliebt war.

»Kommt Barbara heute gar nicht?«, fragte er in diesem Augenblick.

»Doch«, antwortete Charlotte freundlich. Schließlich durfte sie den letzten Stammgast auf keinen Fall vergraulen. »Mama ist gerade noch auf dem Bezirksamt.«

Sergio guckte enttäuscht. »Ach, schade. Es ist immer so kurzweilig, mit ihr zu plaudern.«

Wow. Der Typ hatte es drauf. Den Jungs in Charlottes Alter kamen solche Sprüche nicht über die Lippen.

»Warte doch einfach noch auf sie«, schlug Charlotte vor.

Sie hatte eine blendende Idee. »Kennst du schon unsere genialen Nachtische? Die sind gestern eingeschlagen wie eine Bombe. Wir haben im Augenblick einen Koch aus England da. Der hat es voll drauf. Er muss jeden Moment wieder da sein. Holt nur Nachschub. Die Desserts haben sie uns gestern quasi aus den Händen gerissen. Damit hatten wir gar nicht gerechnet.« Sie strahlte ihn an. »Der Kaffee geht inzwischen natürlich aufs Haus. Mama wird dein Urteil sicher auch gerne wissen wollen, und vielleicht, natürlich nur, wenn es dir schmeckt, kannst du in deinem Geschäft ein bisschen Reklame für uns machen. Läuft gerade nicht so gut. Mama hat schon überlegt, den Laden für drei Wochen zu schließen.«

Sergio sog erschrocken Luft ein. »Oh nein. Das darf auf keinen Fall passieren. Natürlich warte ich, sehr gerne sogar.« Er lächelte sie an. »Charlotte, du bist wirklich ein tolles Mädchen. Deine Mutter ist bestimmt sehr stolz auf dich.«

Das ging runter wie Öl.

»Über welche Charlotte sprecht ihr?«, tönte eine Stimme von der Tür. »Kenne ich die auch? Ist das die Charlotte, die ihr Handy in der Spree versenkt hat, sodass ihre besten Freunde sie nicht mehr erreichen können?«

Metin stand in der Tür und lachte Charlotte an.

»He, was soll das?«, sagte Charlotte. »Dir ist wohl die Bauchtanz-Session von gestern zu Kopf gestiegen?«

Sie fegte an ihm vorbei, ohne ihn eines weiteren Blickes zu würdigen.

Metin grinste breit. »Oh Mann, dass ich das noch erlebe. Bist du eifersüchtig, oder was? Das war völlig harmlos. Den Bauchtänzerinnen hätte meine Großmutter Konkurrenz machen können. Hatte Sibel bestimmt extra so ausgesucht.«

Charlotte sah ihn an. »Eifersüchtig? Träum weiter, Metin.« Sie begann geschäftig, hinter der Theke aufzuräumen. »Aber du hättest wenigstens Bescheid sagen können. Ich wollte mit dir ins Kino gehen. Stattdessen musste ich mich mit Jamie vergnügen.« Sie musste sich beherrschen, um nicht laut loszulachen, so ein erschrockenes Gesicht machte Metin auf einmal.

»Glaub mir, der Typ hat es echt drauf. Sogar Chantal fährt voll auf ihn ab.«

Metin wischte sich verwirrt sein lockiges Haar aus der Stirn. »Chantal?«

Charlotte nickte. »Klar, Chantal. Die wohnte bisher alleine in unserem Ankleidezimmer. Wir haben sie auf den Balkon geschoben, damit sie Jamie wenigstens nachts in Ruhe lässt.«

Sie lachte. »Sei mir nicht böse, aber du guckst so dumm aus der Wäsche, als hätte dich gerade ein Bus in der Geisterbahn überfahren.« Sie boxte ihn in die Seite. »Kleiner Scherz. Chantal ist die Schaufensterpuppe, die Papa mal auf dem Flohmarkt gekauft hat.«

Metin seufzte erleichtert. »Ach so. Irgendwie bist du immer sehr überzeugend.«

Charlotte nickte zufrieden.

»Und du wolltest wirklich mit mir ins Kino gehen?«, fragte er.

»Ja.«

Metin kaute auf seiner Unterlippe herum. »Wie wäre es mit Badeschiff? Das muss total cool sein, hat mir Sibel erzählt. Warst du da schon mal?«

Charlotte schüttelte den Kopf. »Nee, ich muss doch den Laden machen. Mama ist auf dem Amt.« Sie flüsterte in sein Ohr: »Der Gerichtsvollzieher war da.«

Metin schaute sie erschrocken an. »Oh nein.«

Charlotte nickte. »Das kannst du laut sagen. Bei uns brennt's total. Es muss dringend etwas passieren. Das Einzige, was wir gestern verkauft haben, sind die Desserts und die Sandwiches von Jamie.« Ganz unerwartet stiegen ihr die Tränen in die Augen.

Metin nahm sie in den Arm. »Hey, Charlotte. Das wird schon wieder. Du musst nur fest daran glauben.«

Charlotte schluchzte. »Ich glaub, mir wird gerade alles zu viel. Ich habe dem Typen mein Geburtstagsgeld gegeben, damit er wieder abhaut. Ich habe mich so erschreckt, das glaubst du gar nicht.«

Sie lehnte ihre heiße Wange an seine Schulter.

»Alles wird gut«, wiederholte Metin und küsste sie sanft auf den Mund.

»Hey folks, I'm back«, rief Jamie in diesem Augenblick und stolperte mit jeder Menge Einkaufstüten bepackt in die Bar. Erstaunt erblickte er Charlotte und Metin eng umschlungen an der Theke.

»Everything alright?«

14

»HOFFENTLICH RICHTET JAMIE nicht völliges Chaos an, während wir weg sind. Er kennt sich in der Bar doch gar nicht aus«, sagte Charlotte besorgt, als sie neben Metin zur U-Bahn lief.

Jamie hatte ziemlich komisch geguckt. Hatte er gesehen, wie Metin sie geküsst hatte? Wobei – ein echter Kuss war das gar nicht gewesen. Eher eine flüchtige Berührung ihrer Lippen. Charlotte wusste nicht, ob sie es bedauerte, dass Jamie dazwischengefunkt hatte, oder ob sie erleichtert war. Wünschte sie sich, dass Metin sie endlich **richtig** küsste? Warum war die Antwort darauf nur so furchtbar schwer?

Schade, dass Marie nicht da war. Ihre beste Freundin hatte immer noch nichts von sich hören lassen. Mit Marie wäre alles anders gelaufen. Sie hätte ihr zugehört, und Charlotte hätte keinen peinlichen Heulkrampf bekommen. Dafür hatte Jamie spontan angeboten, die Bar zu übernehmen, damit Charlotte mal frei machen konnte. Er wollte ja ohnehin backen. Für wen seine mysteriöse Torte wohl bestimmt war?, fragte sie sich. Vielleicht war die Torte ja ein Dankeschön für ihre Mutter. Weil er umsonst bei ihnen wohnen durfte. So ein Geschenk passte zu Jamie.

Charlotte hatte sich schnell ihren Bikini unter die Jeans angezogen, ein Handtuch geschnappt und war nun mit Metin unterwegs zum Badeschiff. Dort war es sicher tausendmal cooler als auf der Kinderrutsche im Prinzenbad.

»Ach Mist!«, rief Charlotte und hielt auf der Eisentreppe zum U-Bahn-Bahnsteig inne. »Ich hab meine Monatskarte vergessen. Dann müssen wir die zwei Stationen zur Schlesischen eben laufen.« Sie drehte um.

»Kein Problem«, sagte Metin. »Wir fahren einfach mit dem Fahrrad.«

Charlotte sah ihn überrascht an. »Wir haben doch gar keins mit. Meins hat übrigens schon seit einem Monat einen Platten und steht am Brandenburger Tor.«

Metin grinste. »Hier stehen doch genug Fahrräder herum.« Er zeigte auf die angeketteten Fahrräder am Eisengeländer.

»Du wirst doch jetzt kein Rad klauen!«, rief Charlotte. »Da mache ich nicht mit.« Sie verschränkte entschlossen die Arme.

»Wer redet denn von Klauen?«, sagte Metin. »Wir leihen bloß eins und bringen es wieder zurück. Versprochen!«

Er checkte die Schlösser der Räder. Schließlich fand er tatsächlich ein Fahrrad, das nicht gesichert war. »Die Leute sind echt dumm«, sagte er. »Ich würde doch nie ein Fahrrad einfach so abstellen, ohne es anzuschließen.«

Charlotte zögerte noch immer.

»Sei nicht feige, Charlotte. Das ist wie eine Mutprobe.« Er klopfte einladend auf den Sattel.

»Wenn du es später nicht zurückgibst, rede ich nie wieder ein Wort mit dir«, drohte Charlotte. »Oder ich sage es diesem Gregor.«

Metin lachte. »Das würdest du nie tun, du bist keine Verräterin. Habe ich ein Versprechen schon mal gebrochen?«

Das stimmte. Auf Metin konnte man sich hundertprozentig verlassen. Charlotte schwang sich auf den Gepäckträger. Plötzlich fand sie die Aktion irgendwie cool. »Los, ab die Post«, befahl sie. »Ich will nicht um Mitternacht ankommen.« Sie kreischte laut, als sich Metin rasant in die Kurve legte, und drückte sich fest an ihn.

Über die Schlesische Straße gelangten sie zur Puschkinallee und steuerten schließlich auf das Arenagelände zu.

»SCHNELLER ALS MIT DER U-BAHN!«, brüllte Charlotte.

Direkt vor dem Eingang bremste Metin, und Charlotte sprang vom Gepäckträger.

»Na?«, fragte er. »Alles klar?«

Charlotte strahlte. »Das war richtig toll«, rief sie. »Hätte ich gar nicht gedacht.« Sie guckte neugierig über die Sperre. »Da ist wirklich Sand. Wieso war ich nicht schon längst mal hier?«

Metin schob das Fahrrad hinter einen Busch. »Damit es keiner klaut«, sagte er. Sie zeigten an der Kasse ihre Schülerausweise vor, und Metin bezahlte beide Tickets. »Wie im Kino.« Er grinste. »Nur Popcorn gibt's keins, wegen dem Sand.«

Charlotte streifte ihre Flipflops ab und ging barfuß weiter. »Viel besser als der Wannsee«, sagte sie und fühlte die warmen Sandkörner zwischen ihren Zehen. »Hängematten. Toll!«, rief sie. »Komm, Metin!« Sie raste los und ergatterte die letzte. »Hier bleib ich für immer. Das Bad ist einfach genial. Kannst du mir erklären, warum ich jeden Tag in einer muffigen Sandwich-Bude abhänge?«

Metin schüttelte den Kopf. »Nee, kann ich nicht«, sagte er. Er schaukelte sie sanft.

»Schön«, murmelte Charlotte. »Das macht ganz schön müde.« Es dauerte keine zehn Sekunden, bis sie in einen erschöpften Schlaf fiel.

»Charlotte!«, flüsterte Metin in ihr Ohr. »Aufwachen!«

Charlotte blinzelte verwirrt. »Wie lange habe ich geschlafen?«

»Über eine Stunde«, sagte Metin und hielt ihr einen riesigen Eisbecher hin.

»Eine Stunde?«, rief Charlotte. »Oh, das tut mir leid.« Sie krabbelte aus der Hängematte. »Warum hast du mich denn nicht geweckt?«

Sie griff gierig nach dem Eis. »Lecker. Die Zitrone schmeckt superfruchtig. Also, was hast du gemacht? Bist du zehntausend Meter geschwommen?«

»Nein«, sagte Metin. »Ich habe ein paar Leute getroffen. Die kenne ich aus dem Urlaub letztes Jahr in Bulgarien.« Er zeigte auf eine Gruppe Jungs und Mädchen, die auf dem Sand zusammensaßen und ganz offensichtlich richtig viel Spaß hatten. Sie alberten laut herum.

»Sag mal, ist da auch diese Ilona dabei, in die du dich verknallt hattest?«

Metin machte ein verlegenes Gesicht. »Ich war doch nicht verknallt.«

Charlotte kicherte. »Warst du **wohl**. Erinnerst du dich nicht mehr? Ich hab dir Schlaftee gekocht, da du so geknickt warst, weil Ilona nicht zurückgerufen hat.«

»Du übertreibst«, sagte Metin.

»Also, ist Ilona da oder nicht?«

Metin stöhnte. »Okay, damit du endlich Ruhe gibst. Ja, ist sie.«

Charlotte guckte unternehmungslustig. »Ich will sie kennenlernen.«

Metin schüttelte den Kopf. »Nee, auf gar keinen Fall.«

Er sah unauffällig zu der Gruppe hinüber. Ein Mädchen mit feuerroten Haaren lachte laut. Metin zuckte zusammen.

»Wieso? Ist doch lustig. Die hat dich damals ganz schön zappeln lassen. Ist es die Rothaarige?«

Metin schwieg.

»Ich habe eine Idee. Wir gehen eine Runde schwimmen und laufen ganz zufällig bei ihnen vorbei.« Charlotte ließ nicht locker. »Bitte, Metin. Das ist deine Mutprobe, wie meine mit dem Fahrrad.«

»Na, okay. Aber wenn du irgendetwas Blödes sagst, kill ich dich.« Charlotte grinste. »Wenn wir wortbrüchig werden, bring ich dich wegen des Fahrrads um und du mich wegen Ilona. Das ist nur fair.« Sie lief kichernd neben Metin her, als sie hinüber zum Badeschiff gingen.

Es war noch einfacher, als Charlotte gedacht hatte. Einer der Jungs winkte sie herbei. »Hallo, Metin. Stell uns deine

Freundin vor.« Er starrte Charlotte neugierig an. »Hey, Bikini-Girl, komm mal her«, rief er. »Ich bin doch viel toller als dein Typ.«

Er sprang auf und wackelte mit seinem Hintern. Die anderen lachten.

»Der ist ja total bescheuert«, sagte Charlotte. »Mit so jemandem gibst du dich ab?«

»Wieso?«, verteidigte sich Metin. »Es waren Ferien, und wir hatten viel Spaß. Das sind doch nur alberne Sprüche.«

Charlotte schnaubte. »Albern? Total daneben, würde ich sagen. Das ist der Grund, warum Mama mich nie zu einem solchen Urlaub angemeldet hat.«

Sie bereute ihre Idee, diese Clique kennenzulernen, aber sie war zu stolz, einen Rückzieher machen. »Ist deine Ilona genauso drauf?«, fragte sie.

»Erstens ist sie nicht **meine** Ilona, und ja, sie ist nicht auf den Mund gefallen, wenn du das meinst«, antwortete Metin und blieb stehen.

»Leute, das ist Charlotte. Wir kennen uns seit dem Kindergarten«, sagte er betont lässig.

Ilona kicherte. »Ist ja süß. Kindergarten-Love. Dann habt ihr sicher mit euren Teddybären geknuddelt. Stimmt's, Charlie?«

Es war Charlotte wirklich ein Rätsel, warum bestimmte Leute, meistens solche, die sie vom ersten Augenblick an nicht ausstehen konnte, ihren Namen spontan in **Charlie** abkürzten. Aber sie wollte deshalb keinen Streit anzetteln. Es merkte ja ein Blinder, dass Metin diese rote Zora immer noch mochte.

Charlotte schüttelte den Kopf. »Nee, stimmt nicht. Metin fand meinen Bären total doof. Weißt du noch, Metin? Du hattest so einen weißen Delfin. Den durfte niemand anfassen außer dir, damit er nicht dreckig wurde.«

Der Junge, der sie Bikini-Girl genannt hatte, drehte grinsend den Daumen nach oben. Ilona brach in schallendes Gelächter aus. »Ich hol schnell meinen Plüschlöwen. Vielleicht magst du den lieber, Metin.«

»Oh Gott, was geht denn hier ab?«, murmelte Charlotte. »Los. Ich will schwimmen.« Sie zog Metin mit sich fort und sprang direkt vom Beckenrand ins Wasser. Metin köpfte hinterher. Er tauchte prustend neben ihr auf. Charlotte stürzte sich auf ihn und tunkte seinen Kopf unter. Metin befreite sich mit einem kräftigen Ruck und nahm sie in den Schwitzkasten. Charlotte zappelte wie wild. »Aufhören. Sofort aufhören.«

Metin lachte. »Erst entschuldigst du dich.«

Charlotte schüttelte ihre nassen Haare. »Ich? Warum ich? Du solltest dich entschuldigen. Aber sofort.« Sie befreite sich mit einem Tritt gegen sein Knie. Metin ließ sie los. Charlotte schwamm quer durch das Becken. Metin kraulte ihr hinterher.

»He, was soll der Quatsch? Sind wir hier im Kindergarten, oder was?«, beschwerten sich die anderen Schwimmer. Der Bademeister reckte sich aus seinem Liegestuhl hoch und blies warnend in seine Trillerpfeife. Charlotte und Metin kamen gleichzeitig am Beckenrand an.

Metin schnappte Charlotte. »Jetzt bist du dran«, sagte er. »Bitte um Gnade.«

»Angeber«, quiekte Charlotte. »Du mit deinem hässlichen Delfin. Mein Teddybär war tausendmal hübscher.« Sie streckte ihm die Zunge raus.

Metin antwortete nicht. Stattdessen zog er sie heran und küsste sie.

»Hoppla«, sagte Charlotte leise. »Du glaubst wohl, du kannst dich aus der Sache rausmogeln?«

Metin nickte. »Ja, genau.« Er küsste sie ein zweites Mal. »Hoffentlich ist Ilona nicht eifersüchtig«, sagte Charlotte.

Bevor er sie ein drittes Mal küssen konnte, tauchte sie unter ihm weg.

»Komm, wir schwimmen noch 'ne Runde!«, rief sie ihm zu und kraulte davon.

Das war er also gewesen, ihr erster richtiger Kuss mit Metin. Sie wusste nicht, ob sie ihn sich so vorgestellt hatte. Natürlich hatte sie schon mit Jungs herumgeknutscht, auf Partys. Aber das war mehr ein Austausch von Spucke gewesen als etwas, was sie als ernsthaften Kuss bezeichnen würde. Sie zog sich auf den Beckenrand. Wenn sie ehrlich war, wusste sie immer noch nicht, ob sich verliebte Küsse so anfühlten. Vielleicht lag es daran, dass sie Metin schon so lange kannte. Die Frage, auf die alles hinauslief, war im Grunde total einfach: **War Charlotte in Metin verliebt?** Wie konnte sie das bloß herausfinden?

Sie sah Metin zu, wie er aus dem Wasser kletterte. Er schüttelte sich wie ein nasser Hund. Ein kleines Mädchen in einem rosa gerüschten Badeanzug rutschte direkt vor ihm auf den Steinfliesen aus und begann laut zu heulen. Metin stellte sie vorsichtig auf die Beine und sprach leise auf die Kleine ein. Das Kind beruhigte sich langsam wieder und nickte schluchzend. Charlotte lächelte. Diese nette Art mochte sie total gerne an ihm.

»Was guckst du so?«, fragte er ein wenig unsicher.

»**Oh Boy**«, sagte Charlotte. »Du hast es echt faustdick hinter den Ohren. Kaum dreht man dir den Rücken zu, quatschst du schon wieder Mädchen an.« Sie zeigte auf das Rüschenmädchen. »Mann, was redest du?«, verteidigte sich Metin. »Die Kleine ist hingefallen, sie hat geweint.«

Charlotte lachte. »Hab ich doch gesehen. Echt nett von dir.« Sie schlang die Arme um sich selber. »Die Sonne geht weg. Mir ist irgendwie kalt. Wollen wir in die Bar zurückfahren und heißen Kakao trinken?«

Sie verschwand in die Umkleidekabine, um sich den nassen Bikini auszuziehen und sich ihre zerzausten Haare wieder glatt zu bürsten. Sie schaute in den Spiegel und betrachtete sich. Ihre Unterlippe war ein kleines bisschen geschwollen. Sie hatte gar nicht gemerkt, dass Metin sie gebissen hatte. Zum Glück sah man die Schwellung auf den ersten Blick nicht. So etwas fand Charlotte genauso doof wie Knutschflecke.

Sehe ich nun anders aus, wo ich zum ersten Mal ernsthaft geküsst habe? Nein, mein Gesicht ist wie immer, fand Charlotte. Und das beruhigte sie irgendwie.

»So«, rief Charlotte, als sie auf den wartenden Metin zuhüpfte. »Jetzt bin ich ja echt mal gespannt, ob das Fahrrad noch da ist, sonst ...« Sie grinste und machte eine eindeutige Handbewegung an ihrer Gurgel. »Oh, Mist!«, rief sie im nächsten Augenblick. Auf dem Arenaplatz stand ein

Polizeiauto. Eine junge Polizistin kontrollierte die abgestellten Fahrräder.

»Was machen wir denn jetzt?«, flüsterte Charlotte und zwickte Metin in den Arm. »Meinst du, der Fahrradbesitzer hat Anzeige erstattet?«

Metin lachte. »Ja klar. Die haben das gestohlene Rad schon zur Fahndung ausgeschrieben. So ein Quatsch. Ich frage jetzt einfach mal, was da los ist. Wir müssen das Fahrrad zurückbringen, da hast du schon recht. Ich bin kein Dieb.«

Er ging entschlossen auf die Polizistin zu, sprach ein paar Sätze und zeigte auf das Fahrrad hinter dem Busch. Die Polizistin folgte ihm. Sie umrundete das Fahrrad und checkte es. Dann tippte sie die Rahmennummer in ihr Tablet ein, setzte sich auf den Sattel und fuhr einen Halbkreis.

Charlotte gab sich einen Ruck. Sie hatte schließlich bei der Fahrrad-Leihaktion mitgemacht, ohne Metin davon abzuhalten. Also trug sie mindestens genauso viel Verantwortung. Sie schlenderte zu Metin und der Polizistin hinüber. »Was ist denn los?«

»Sind Sie die Besitzerin des Fahrrads?«, fragte die Polizistin.

Bevor Charlotte antworten konnte, sagte Metin: »Nee, ich.«

Die Polizistin runzelte die Stirn. »Ein Damenfahrrad?«

Metin lächelte. »Ich habe fünf Schwestern zu Hause. Meine Mutter hat kein Geld, noch extra ein Herrenrad zu kaufen. Das Fahrrad gehört meiner Schwester Sibel.«

Die Polizistin nickte und schrieb etwas neben die notierte Nummer. »Gut. Dann richten Sie Ihrer Schwester bitte aus, dass ihr Fahrrad nicht straßentauglich ist. Es fehlt das Rücklicht, und die Vorderbremse schleift. Sie muss die Mängel innerhalb einer Woche beheben, sonst wird das Fahrrad aus dem Verkehr gezogen.«

Metin lachte. »Ist doch lächerlich. Wie soll das gehen? Räder haben doch keine Nummernschilder.«

Die Polizistin lächelte überlegen. »Aber wir haben die Rahmennummer. Sofern das Fahrrad das nächste Mal in eine Kontrolle gerät, wird es aus dem Verkehr gezogen. Ist alles hier drinnen festgehalten.« Sie zeigte auf ihr Tablet.

»Was 'n act«, stöhnte Metin.

»... und von Ihnen bekomme ich zwanzig Euro«, fuhr die Polizistin unbeirrt fort.

»Warum das denn?«, rief Metin schockiert.

»Weil Sie mit einem mangelhaften Fahrrad unterwegs sind«, sagte die Polizistin. »Ich kann das Fahrrad gerne hierbehalten, bis Sie die Summe beglichen haben.«

Metin schüttelte genervt den Kopf. »Dann machen Sie das doch.« Er drehte sich weg.

Die Polizistin nickte. »Gut. Dann brauche ich Ihren Namen und Ihre Adresse. Um die Strafe kommen Sie als Fahrer nämlich nicht herum.«

Charlotte gab Metin einen Stoß. »Wir zahlen die zwanzig Euro und nehmen das Fahrrad mit.« Sie kramte in ihrem Umhängebeutel und holte eine Handvoll Münzen hervor. »Acht Euro kriege ich zusammen«, sagte sie. »Wie viel hast du, Metin?« Metin stockte auf zwanzig Euro auf.

»Hier ist Ihre Quittung«, sagte die Polizistin. »Wenn Ihre Schwester fair ist, gibt sie Ihnen das Geld wieder. Sie können ja nichts dafür. Aber das nächste Mal Augen auf, bevor Sie auf ein Fahrrad steigen.«

Sie nickte Charlotte freundlich zu und ging zu ihrem Kollegen zurück, der im Wagen wartete.

»MIST!«, rief Metin. »MIST, MIST, MIST.« Er trat wütend gegen das Fahrrad.

»Metin, hör sofort auf«, sagte Charlotte. »Die Polizisten gucken. Die kommen wieder und verhaften dich wegen Sachbeschädigung.«

Metin konnte sich gar nicht wieder beruhigen. »Das ist doch blöd. Soll ich jetzt ein Rad erst auf Verkehrstauglichkeit überprüfen, bevor ich es klaue? Da hätten wir ja besser mit dem Taxi fahren können. Nur Schwarzfahren ist teurer. Ich könnte dieses Rad atomisieren.« Er trat erneut dagegen.

Charlotte zerrte ihn von dem Fahrrad weg. »Drehst du jetzt völlig ab, oder was?«, rief sie. »Wir hätten laufen sollen, wie ich gesagt habe. Wenn dich die Polizei kriegt, kommt was zusammen. Brandstiftung, Diebstahl, Sachbeschädigung. Deine Familie wird sich freuen.«

Metin sah Charlotte verblüfft an. »Was redest du da? Das habe ich doch alles nur gemacht, damit du Spaß hast. Außer das Fahrrad zu Schrott kloppen, natürlich. Verdreh doch nicht die Tatsachen.« Er drehte sich wütend weg.

Charlotte antwortete nicht. Metin hatte recht und auch wieder nicht. Die Kerzenaktion war richtig schön gewesen, und vermutlich war es das coolste Geburtstagsgeschenk ever. Sich das Fahrrad auszuleihen, war zwar nicht okay, aber immerhin war es nicht abgeschlossen gewesen, sie hatten nicht vorgehabt, es zu stehlen, und es war lustig gewesen. Genau genommen hatte Charlotte den Dachboden in Brand gesteckt, weil sie das Seidenpapier achtlos weggeworfen hatte.

»Komm, wir fahren in die Bar zurück«, sagte Charlotte und griff nach seiner Hand. »War doch ein echt cooler Nachmittag, oder?«

Metin nickte. »Richtig cool«, sagte er. »So cool, dass es gar nicht mehr cooler sein kann.« Und dann küsste er sie ein drittes Mal.

15

»WIR SOLLTEN DAS RAD nicht einfach hier stehen lassen«, sagte Metin, als sie es wieder an der U-Bahn am Kottbusser Tor abstellten. »Hinterher wird es noch geklaut.« Er schaute sich um und entdeckte einen herumliegenden Draht. Damit band er das Fahrrad am Treppengeländer fest.

»Super!«, lobte ihn Charlotte. »Jetzt aber …« Sie hatte es plötzlich eilig, zurück in die Bar zu kommen, und rannte los.

Ihre Mutter war da und schien gar nicht sauer zu sein, dass Charlotte Jamie alleine gelassen hatte. Das Gespräch mit dem Gerichtsvollzieher war anscheinend gut gelaufen, denn sie sah deutlich entspannter aus als noch vor ein paar Stunden.

»Die neuen Aufstriche, die sich Jamie ausgedacht hat, kommen richtig gut an. Aber der absolute Hit sind die Desserts. Und Jamie hat zwischendurch sogar noch einen englischen Apfelkuchen gebacken. Total lecker«, rief sie Charlotte entgegen. »Hier war gerade richtig was los!«

Charlotte seufzte erleichtert. Sie war froh, ihre Mutter endlich wieder mal entspannt zu sehen. »Apfelkuchen«, wiederholte sie. »Lecker!« Das Wasser lief ihr im Mund zusammen. »Darauf habe ich jetzt auch richtig Lust. Mit dick Sahne obendauf.«

Barbara schüttelte den Kopf. »Sorry, Schatz. Der Apfelkuchen ist bis auf den letzten Krümel verkauft.« Sie strahlte. »Jamie will gleich noch einen backen, aber bis eben war er noch mit der Torte beschäftigt.«

Charlotte schüttelte erstaunt den Kopf. »Um was für eine geheimnisvolle Torte geht es hier eigentlich?«, fragte sie. Sie verschwand in die Küche, wo der Profiherd ihres Großvaters stand.

»Wow!«, rief sie. Auf der Anrichte stand ein echtes Traumgebilde.

Eine sogenannte 3-D-Schokoladentorte, wie sie eine mal vor einiger Zeit ganz zufällig im Fernsehen gesehen hatte. Ein dreidimensionales Herz, mit purpurrotem Marzipan umrandet, das goldene Glitzerpartikel enthielt. Die dunkle Oberfläche war mit zarten, blütenweißen Schmetterlingen dekoriert. Sie waren mit Zuckerfäden so geschickt drapiert, dass es aussah, als würden sie um das Herz schweben.

»Der Hammer!«, stöhnte Charlotte. »Das ist der Hammer. Wenn die Torte nur ein Hundertstel so gut schmeckt, wie sie aussieht, dann …«

Plötzlich stand Jamie hinter ihr. Sie spürte seine Anwesenheit schon, bevor er etwas sagte. Schnell drehte sie sich um.

»Hi!«, sagten beide gleichzeitig.

»War es schön im Schwimmbad?«, fragte Jamie und sah sie merkwürdig an.

Sein Tiefseeblick raubte ihr den Atem. Sie starrte ihn an.

»Hattet ihr Spaß?«, wiederholte er seine Frage.

»Ja«, antwortete Charlotte kurz. Auf einmal hatte sie das Gefühl, etwas Verbotenes gemacht zu haben. Wie wahnsinnig war das denn? Sie beschloss, kein Wort mehr über über den Nachmittag mit Metin zu verlieren. Sie holte tief Luft und riss sich von seinem Blick los.

»Schicke Torte«, sagte sie. »Superkitschig, aber ich mag so was total.« Sie betrachtete die Torte konzentriert. »Und? Für wen ist das Prachtstück bestimmt?«

Jamie räusperte sich. »Die Torte ist …«

»Charlotte!«, unterbrach ihre Mutter die Unterhaltung. »Findest du nicht auch, dass Jamie ein richtiger Künstler ist? Backen ist eben mehr, als einfach nur Teig für Marmorkuchen zusammenzurühren. Ich bin so froh, dass du hier bist, Jamie!« Sie strahlte über das ganze Gesicht. »Du bist unser Retter. Hast du Charlotte schon von unseren tollen Plänen erzählt?«

Jamie schüttelte den Kopf.

»Nee. Wir waren noch mitten im Raport«, antwortete Charlotte überdreht. »Um was geht es?« Sie versuchte bewusst, an Jamie vorbeizuschauen.

»Unsere Sandwich-Bar ist schon sehr bald Vergangenheit«, begann ihre Mutter feierlich.

»WAS?«, rief Charlotte entsetzt. »Willst du plötzlich doch alles hinschmeißen?«

»Aber nein!« Ihre Mutter lächelte. »Wir ziehen den Laden nur ganz neu auf. Frischer, schicker, leckerer: Aber der Backstuben-Charme bleibt dabei erhalten.«

Charlotte schüttelte verständnislos den Kopf. »Wie soll das gehen? Wird das jetzt auch so eine doofe Coffeeshop-Bude? Davon gibt es in Kreuzberg doch schon mehr als genug.«

Barbara nahm ihre Tochter in den Arm. »Du bist ja ganz aufgebracht. Kein Wunder, ich habe dich auch viel zu sehr mit meinen Problemen belastet. Glaubst du etwa, ich weiß das nicht?« Ihre Augen wurden feucht. »Vielen Dank für den Kredit bei Herrn Königer von heute Morgen«, flüsterte sie Charlotte ins Ohr. »Sobald ich bei der Bank war, kriegst du die hundert Euro zurück. Du darfst nicht meine Schulden begleichen. Das geht gar nicht.« Sie drückte Charlotte an sich. »Ich will dich nicht länger auf die Folter spannen. Wir machen aus der Sandwich-Bar eine Kuchen-Bar – mit Jamies Hilfe und seinen zauberhaften Backkünsten schaffen wir das im Handumdrehen, und wir brauchen nicht einmal vorübergehend zu schließen.«

Charlotte starrte ihre Mutter ungläubig an. »Wie? Jamie bleibt doch nicht für immer und ewig!«

»Nein, natürlich nicht«, sagte ihre Mutter. »Ich gehe bei ihm in Kurzzeitlehre. Schließlich komme ich aus einer Bäckerfamilie und habe viel Nützliches von meinem Vater gelernt. Ich habe sein Schreibheft aufbewahrt, darin sind ganz tolle Rezepte. Auch wenn ich die Bäckerei nicht übernehmen wollte, habe ich bis kurz vor der Gesellenprüfung durchgehalten. Dann wollte ich lieber Lehrerin werden. Aber auch das war nicht das Richtige.« Sie seufzte. »Manchmal ist es eben schwierig, den passenden Beruf für sich zu finden.«

Charlotte guckte skeptisch. »Eine Kuchen-Bar … dann kannst du aber nicht mehr Taxi fahren, so viele Kuchen zu backen ist doch Megastress.«

Unerwartet mischte sich Metin ein, der, an den Türpfosten gelehnt, stumm zugehört hatte. »Ich find's cool«, sagte er. »Vielleicht kann Barbara meine Schwestern zum Backen anheuern. Sibel ist sowieso die beste Tortenbäckerin auf der ganzen Welt. Stimmt's, Charlotte?« Er zwinkerte ihr verschwörerisch zu.

Charlotte starrte auf die Herztorte. Je länger sie hinschaute, umso umwerfender fand sie Jamies Werk. Aber die Geburtstagstorte von Sibel war auch großartig gewesen. Nur einfach anders.

Sie musste zugeben, dass der Vorschlag von Metin großartig war.

Türkische Backkunst meets England and Berlin. Besser ging es gar nicht.

»Deine Schwestern einzuspannen ist eine super Idee!«, sagte sie.

»Sie können sich ja von Jamie ein paar Tricks zeigen lassen.«

Ihre Mutter nickte. »Gute Idee. Sie müssen sich Jamies Torte unbedingt anschauen, bevor er sie zu Rosalie schickt. Oder wir machen Fotos davon.«

Charlotte zuckte zusammen. Ach nee. Für diese Rosalie hat Jamie die Torte also gezaubert. »Da wird sich die liebe Rosalie aber freuen. Allerdings fürchte ich, dass das Wunderwerk nur als Matschepampe in London ankommt. Nicht dass die Süße das falsch versteht«, sagte sie.

Jamie schüttelte den Kopf. »Keine Sorge. Ich habe gelernt, wie man Torten sicher verpackt. Das gehört zu meiner Ausbildung. Und ja: Ich hoffe sehr, dass sie sich über die Geburtstagstorte freut.«

Charlotte zuckte mit den Achseln. »Na, ist ja schließlich auch nicht mein Problem«, sagte sie.

Jamie grinste sie an. »Sehr richtig.«

Charlotte fühlte, wie eine unerklärliche Wut in ihr hochstieg. Bis in die Haarspitzen war sie zu spüren. Ich muss hier sofort raus, dachte sie. Sonst platze ich. Dieser Junge schafft es, mich total zu verwirren. Und ich habe keinen blassen Schimmer, warum.

»Was ist denn los, Charlotte?«, fragte ihre Mutter erstaunt. »Freust du dich denn gar nicht? Du bist doch nicht eifersüchtig, dass die Kuchen-Bar Jamies Idee war? Das wäre wirklich albern.«

Wenn es darauf ankam, nahm ihre Mutter kein Blatt vor den Mund.

Charlotte wurde rot. »Quatsch, Mama«, sagte sie. »Dafür bin ich wirklich zu alt.«

Ihre Mutter nickte beruhigt. »Dann ist ja gut. Sergio hilft mir mit Flyern, die Werbetrommel zu rühren, stell dir vor. Ist das nicht süß? Hätte ich ihm nie zugetraut.«

Fast wäre Charlotte herausgeplatzt, dass sie selbst Sergio darauf gebracht hatte. Oh boy. Wie unheimlich kleinkariert. Momentan konnte sie sich selber nicht leiden.

»Cool, Mama«, sagte sie. »Der Typ mag dich. Noch gar nicht gemerkt?«

Die Augen ihrer Mutter leuchteten auf. »Meinst du?«

Sie warf einen Blick in den Gastraum. Dort saß Sergio immer noch auf seinem Stammplatz und spachtelte bereits die dritte Portion Crema Catalana.

In derselben Sekunde sah Sergio herüber und lächelte ihre Mutter verliebt an.

»Oh ja, das meine ich«, bekräftigte Charlotte. »Allerdings würde ich ihm die Desserts dringend rationieren, sonst wird er nämlich kugelrund und hässlich, bevor ihr zum ersten Mal im Kino wart.«

Ihre Mutter kicherte. »Du hast recht. Ich werde mich gleich mal darum kümmern.« Sie verschwand nach nebenan.

»Super Idee, die Sache mit der Bar, Kumpel«, sagte Metin anerkennend. »Hätte ich dir gar nicht zugetraut. Ich lauf mal rüber zu meiner Familie und frage, ob sie in den nächsten Tagen ein paar Torten mehr backen können. Im Augenblick ist sowieso Testkochen und -backen für Sibels Hochzeit angesagt. Ich kann das süße Zeug nicht mal mehr riechen.« Er küsste Charlotte auf die Wange: »Bin gleich wieder da. Nicht weglaufen.«

Jamie zog eine Augenbraue hoch. Charlotte spürte, wie sie schon wieder gefährlich rot anlief, und drehte sich schnell weg.

»Nicht weglaufen«, witzelte Jamie. »Süß.«

»Geht dich das irgendetwas an?«, fauchte Charlotte. »Kehr lieber vor deiner eigenen Tür!« Ihr Herz pochte wie verrückt.

»Was genau meinst du damit? Diesen Ausdruck kenne ich nicht.«

Charlotte konnte vor Wut gar nicht mehr atmen. »Na, was wohl. Deine Rosalie und die Show mit der Torte!«, rief sie und fuchtelte aufgebracht mit den Händen herum. »Anscheinend hast du da ja richtig Mist gebaut und versuchst das jetzt, mit diesem übertriebenen Kitsch wiedergutzumachen. Hättest du dir vorher überlegen sollen. Ich an ihrer Stelle würde dir die Torte ins Gesicht klatschen.«

Sie rannte aus der Tür, aber Jamie holte sie ein und hielt sie fest. »Du weißt doch gar nicht, was mit Rosalie und mir passiert ist. Du kannst dir doch überhaupt kein Urteil erlauben.« Er war plötzlich ganz bleich im Gesicht. »Was, wenn es umgekehrt wäre? Wenn sie einen anderen Jungen toller gefunden hätte als mich? Bist du eigentlich immer so gemein? Früher warst du nicht so fies.«

Er ließ sie los und wandte sich ab.

Charlotte wurde schlagartig so schwindlig, dass sie sich an einer Stuhllehne festhalten musste. »Tut mir leid, Jamie«, flüsterte sie. »Tut mir wirklich leid.« Sie berührte seine Schulter.

Jamie drehte sich um. »Ist schon okay«, sagte er mit rauer Stimme.

»Wir sind wohl beide gerade etwas empfindlich.« Er lächelte. »Warte. Nicht weglaufen.« Er zwinkerte ihr zu. »Ich bin gleich wieder da.«

16

»WAS IST DAS DENN?«, rief Charlotte wenige Momente später.

Jamie kam mit einem riesigen Backblech Kekse zurück. Sie sahen toll aus, eine Mischung aus Barbies Puppenküche mit Liebesperlen und knallbuntem Hippie-Flower-Flair.

»Abwarten!« Jamie lächelte geheimnisvoll, stellte das Blech auf die Theke und verschwand wieder in der Küche. Gleich darauf tauchte er mit einem weiteren Backblech auf. Auf diesem lag nur ein einziges Cookie, das so groß war, dass es das ganze Blech ausfüllte. Es war mit weißem Zuckerguss bestrichen, der Rand war kunstvoll mit Schokoblättchen, rosa Sahneblümchen und giftgrünen Marzipanranken verziert. Dies diente als Rahmen für die verschnörkelten roten Buchstaben, die Jamie mit einer Spritztüte aufgetragen hatte: **Cookie's World**.

Charlotte schaute Jamie fragend an.

»Der neue Name eurer Bar«, antwortete er. »Barbara fand auch, dass es eine gute Idee ist, sie nach dir zu benennen. Gefällt er dir?« Er wirkte auf einmal unsicher. »So ein neues Türschild wäre cool. Das ist sozusagen der essbare Prototyp dafür. Sergio hat eine günstige Leuchtschilder-Connection, die könnten unseren Cookie nachbauen, sagt er.«

Charlotte schüttelte ungläubig den Kopf. »Wow!« Mehr brachte sie nicht heraus.

»Das Cookie-Logo drucken wir auch auf die Flyer«, rief ihre Mutter von Sergios Tisch aus. Sie saß immer noch bei ihm und ließ ihn verschiedene Sorten Kakao testen. »Fünftausend Stück kosten nicht mal fünfzig Euro in der Hinterhof-Druckerei nebenan. Sergio hat bereits dort angerufen.«

Charlotte runzelte die Stirn. Sergio schien ja das reinste Multitalent zu sein. So viel Gas musste der Typ nun auch wieder nicht geben. Ihre Mutter war jedenfalls ganz hin und weg von ihm.

Jamie grinste. »So langsam begreife ich, warum unsere Mütter schon so lange befreundet sind«, sagte er. »Sie sind sich wirklich sehr ähnlich. Irgendwie sweet. Mach dir keine Sorgen um sie. Deine Mama ist schon groß.«

Charlotte guckte verlegen. »Weiß ich selber. Ich bin froh, dass sie wieder Spaß an der Bar hat.« Sie schnappte sich einen Keks und biss hinein. »Lecker!«, rief sie. »Verdammt lecker sogar. Wie kriegst du so einen irren Geschmack in stinknormale Kekse?«

Jamie lächelte stolz. »Schmecken sie dir wirklich? Das sind *Cookies Freestyle.* Sie schmecken jedes Mal anders. Ich mische die Gewürze einfach danach zusammen, wie ich mich fühle ...«

Charlotte kaute andächtig. »Unheimlich«, sagte sie. »Direkt unheimlich. Sie schmecken sensationell gut, dabei stehe ich gar nicht so auf Süßkram.«

Jamie probierte selber einen. »Heute war mir irgendwie nach Veilchen und Berlin«, versuchte er, seine Kekskomposition zu beschreiben. »Morgen mache ich welche, die nach Summertime und Schwimmbad schmecken; und dann will ich unbedingt noch ein paar romantische Cookies backen, so etwas kommt bei den Gästen super an. Während unserer Ausbildung haben Rosalie und ich richtige Rosenessenz hergestellt und alle Cookies …«

Er kam auf einmal ins Stocken und starrte Charlotte verblüfft an. »Deine Augen sind ja veilchenblau. War mir vorher gar nicht aufgefallen. Crazy.«

Er nahm sich schnell noch ein Berlin-Veilchen-Cookie, und sie kauten beide schweigend.

»Die Freestyle-Sache klingt echt ziemlich durchgeknallt und cool«, unterbrach Charlotte nach einer ganzen Weile die Stille. »Aber wie soll meine Mum diese Cookies jemals alleine hinkriegen? Sie hat ein paar Jahre nur Backmischungen zusammengerührt.« Sie leckte ein paar Schokostreusel aus ihrem Mundwinkel.

»Keine Panik. Das ist total easy«, beruhigte Jamie sie. »Deine Mutter hat heute schon ihren ersten eigenen Teig angerührt. Es gehört einfach nur eine ziemliche Portion Mut dazu, seine persönliche Gewürzmischung zu finden. Weil das auch immer etwas mit einem selber zu tun hat. Das schafft mit einem guten Grundrezept jeder. Und die Torten- und Kuchenrezepte schreibe ich so auf, dass nichts schiefgehen kann.«

Charlotte nickte. »Okay, hört sich gut an. Und *magic* zugleich.« Sie schaute Jamie zum ersten Mal ins Gesicht, ohne dabei verlegen zu werden. »Das ist wirklich nett von dir, Jamie. Ich habe ein gutes Gefühl, die Sache mit der Cookie-Bar könnte wirklich was werden. Wenn Mamas Cookies so nach guter Laune schmecken, wie sie heute drauf ist, mache ich mir ab jetzt keine Sorgen mehr. Obwohl es ganz schön frech von dir war, einfach meinen Spitznamen zu klauen, ohne mich zu fragen.«

Jamie schnippte ein paar Krümel in ihre Richtung. »Du kannst dankbar sein, dass die Bar nicht *Cookie-Monster* heißt. Das würde deinen Charakter nämlich eher treffen.«

Charlotte kreischte empört los. »Frechheit, du Irrer.« Sie stürzte sich auf ihn und begann ihn durchzukitzeln, bis Jamie einen ganz roten Kopf hatte.

»Stop it«, keuchte er. »Please, stop it.« Er ließ sich einfach auf den Boden fallen und flüchtete auf allen vieren in die Küche.

»So langsam kommt nämlich auch meine Erinnerung wieder«, sagte Charlotte atemlos und folgte ihm. »Ich war vielleicht mal ein Cookie-Monster, als ich klein war, aber du bist immer noch der kitzligste Junge aus ganz England.« Sie machte einfach weiter.

Vor Lachen liefen Jamie bereits Tränen über die Wangen. Schließlich kriegte er einen Arm von Charlotte zu fassen und drehte ihn nach hinten auf ihren Rücken. »Flehe um Gnade, Cookie-Monster. Sonst fresse ich dich auf.«

»Aua!«, schrie Charlotte. »Das tut weh. Gib lieber auf, sonst verwandelt sich das Monster in einen grausamen Werwolf.«

»Na warte«, drohte Jamie. »Morgen backe ich ein Biest-

Cookie nur für dich. Das wird ganz teuflisch schmecken, mit Chili und viel dunkler Schokolade drin.« Er versuchte, sie in die Knie zu zwingen.

»Lass das!« Charlotte kicherte. »Sonst erfinde ich ein ganz schlimmes Cookie über dich. Ein Jamie-Vernichtungs-Cookie! Da kann Harry Potter einpacken.«

Plötzlich ergriff eine Hand Jamies Schulter und nahm ihn in den Schwitzkasten.

»Sofort lässt du Charlotte in Ruhe. Klar, Mann?«, rief Metin. Er hielt Jamie in der Zange, die andere Hand streckte er aus, um Charlotte hochzuhelfen.

Schnell sprang Charlotte auf. »Reg dich ab, Metin. Das war doch nur Spaß. Wir haben alte Erinnerungen aufgefrischt. Tu Jamie bloß nicht weh, sonst kann er nicht mehr backen.« Sie zwängte sich schlichtend zwischen die beiden Jungen.

Metin lockerte seinen Griff. »Kann ich doch nicht wissen.« Er musterte Charlotte misstrauisch. »Komischer Spaß.«

»Das kam von den Cookies«, verteidigte sie sich. »Die machen einen ganz wuschig im Kopf.« Sie war verschwitzt, und ihre Nase lief. Sie schniefte lautstark in ein Stück Küchenrolle.

»Ich find's ziemlich lustig!«, sagte Barbara. Sie tauchte in der Küche auf, um nachzusehen, was dort für ein Krach war. »Wäre doch toll, wenn meine Gäste auch so euphorisch auf die Kekse reagieren würden. Allerdings sollte ich bei der Rezeptur aufpassen, damit die Gäste anschließend nicht in der Bar herumkugeln.« Sie strich Charlotte eine

Strähne aus dem Gesicht. »Ich finde, wir haben uns alle einen leckeren Kakao verdient. Sergio hat gerade herausgefunden, welcher für ihn der leckerste ist. Jetzt brauche ich noch eure Meinung dazu.«

Sie zog ihre Tochter vergnügt mit sich in den Gastraum. »Gefällt dir das Cookie-Schild auch so gut?«, fragte sie und fuhr mit dem Zeigefinger vorsichtig über ein Sahneröschen. »Hmm, köstlich«, seufzte sie glücklich, als sie ihren Finger ableckte. »Wie bin ich nur auf die Idee gekommen, labbrige Sandwiches und langweilige Fertig-Muffins zu verkaufen? Die schmecken mir ja nicht mal selber.«

Es dauerte nur knapp eine Woche, da war aus der verstaubten Sandwich-Bar ein glitzernder Cookie-Palast entstanden. Dafür hatten Barbara und Jamie fast rund um die Uhr geschuftet und Cookies in allen Formen und Farben, raffinierte Torten und buttertriefende Blechkuchen gebacken. Nur an seine Apfel-Tarte hatte Charlottes Mutter sich noch nicht herangetraut und Jamie dabei nur zugeschaut.

Das unumstrittene Highlight der Cookie-Bar war allerdings Sibels mehrstöckige Hochzeitstorte, die ihre Schwestern zur Probe öfter gebacken hatten. Einen höchst gelungenen Versuch hatten sie Barbara geschenkt. Die Torte war ein Traum aus hellem Biskuit und dunkler Schokolade, mit apricotfarbenen Marzipanblättern verziert.

»Unfassbar romantisch«, seufzte Charlotte. »Schneewittchen hatte bestimmt auch keine schönere Hochzeitstorte als Sibel.«

Auf den allerletzten Drücker wurde das **Cookie's World**-Leuchtreklame-Schild über der Eingangstür angebracht.

»Ist das toll!«, rief Charlotte. »Die Liebesperlen auf den Cookies blinken ja abwechselnd. Cool!«

Sergio hatte dafür gesorgt, dass die Flyer nicht nur in Kreuzberg, sondern in der ganzen Stadt verteilt wurden. Dafür hatte er auf eigene Kosten Fahrradkuriere eingespannt. Und das zeigte erste Wirkung. Die Cookie-Produktion musste sogar verdoppelt werden. Die Leute waren ganz verrückt nach Jamies Freestyle-Keksen. Barbara hatte in ihrem Übermut sogar den Gerichtsvollzieher auf einen Kakao eingeladen. Zwar bezahlte er sein Getränk ganz korrekt selber, aber er kaufte auch noch zehn Cookies für zu Hause und war beruhigt, was die Rückzahlung von Barbaras Schulden betraf. Schließlich lief das **Cookie's** wie geschmiert.

»Hoffentlich kugelt er mit seiner Frau nicht über den Wohnzimmerteppich, ich habe ihm nämlich meine Übermut-Cookie-Spezialmischung eingepackt«, flüsterte Charlotte ihrer Mutter ins Ohr.

»Macht nichts!« Barbara lachte. »Ich glaube, Gerichtsvollzieher haben sonst nicht so viel Spaß im Leben. Die meisten Leute sind ziemlich eklig zu ihnen.«

Es war in den letzten Tagen noch heißer geworden. Viele Gäste setzten sich mit ihren Cookies und dem Apfel-Pfefferminz-Eistee, den Jamie gemixt hatte, kurzerhand auf den Bürgersteig oder suchten sich ein winziges Stückchen Grün. »Ich glaube, wenn ich jetzt ein paar Klappstühle rausstellen würde, natürlich ohne Tische und Service, würde keiner meckern. Auch wenn ich die Konzession noch nicht habe«, überlegte Barbara. »Soll ich es einfach wagen? Im Augenblick ist keiner auf Krawall aus, sondern nur auf Abkühlung.«

Sie musterte Charlotte, die mit hochrotem Kopf neben ihr hinter der Theke stand und frische Cookies in die Glasvitrine sortierte. Die Dinger gingen weg wie warme Semmeln. Sie hatten bunte Tischventilatoren zwischen die Cookies gestellt, damit die Schokolade nicht schmolz. Das war nützlich und sah stylish aus.

»Ich hab ein ganz schlechtes Gewissen wegen dir, mein Schatz«, seufzte Barbara. »Du bist der einzige Teenager in ganz Berlin, der gerade nicht im Schwimmbad faulenzt, sondern hier schuftet.«

Charlotte schüttelte den Kopf. »Darüber mach dir mal keine Gedanken, Mama. Viel wichtiger ist, dass das **Cookie's** gut anläuft. Ich steh gar nicht so auf Schwimmbad. Und ohne Marie ist es sowieso nur halb so lustig. Die Jungs im Prinzenbad sind total ätzend. Ferdinand aus der Zehnten hat mich ganz übel angebaggert. Marie ist echt eine treulose Tomate. Sie meldet sich überhaupt nicht mehr. Ich glaube, sie hat einen Jungen kennengelernt.«

Ihre Mutter lächelte. »Ist doch super. Ich fand Urlaubslieben immer total klasse. Aber mit Metin im Badeschiff hattest du schon Spaß, oder? Das könntet ihr doch wieder machen. Gehst du eigentlich mit zu Sibels Hochzeit?«

»Mal sehen«, antwortete Charlotte kurz. Ihre Mutter war gerade mal wieder im Fragemodus. Das konnte andauern. Charlotte hatte aber keine Lust, sich weiter über Metin ausfragen zu lassen. Deshalb goss sie sich ein Glas Eistee ein und sagte: »Ich setze mich mal kurz raus in die Sonne. Okay?«

Sie griff sich einen Plastikstuhl und hockte sich damit auf den heißen Bürgersteig. Nachdenklich nippte sie an ihrem Eistee.

Metin hat sich in den letzten Tagen kaum blicken lassen. Seit dem Kuss auf dem Badeschiff ist er überhaupt irgendwie komisch – oder bilde ich mir das nur ein?

Ehrlicherweise hätte sie in den letzten Tagen auch gar keine Zeit gehabt, etwas mit Metin zu unternehmen. Sie hatte von morgens an im **Cookie's** gestanden und ihrer Mutter geholfen, die Bar umzustylen. Dabei konnte Metin wenig mithelfen. Vielleicht war er ja mit Sibels bevorstehender Hochzeit genauso eingespannt wie Charlotte in der Bar. Er hatte auch nicht versucht, sie ein viertes Mal zu küssen. Charlotte wusste nicht einmal, ob sie darüber enttäuscht war. Es wäre ja auch viel zu peinlich gewesen, wenn sie vor den Augen ihrer Mutter geknutscht hätten. Und vor Jamie sowieso. Sie seufzte. War sie jetzt eigentlich mit Metin zusammen? Sie blinzelte verzweifelt in die helle Sonne.

Oh boy. Die Sache war deutlich komplizierter, als sie sich das vorgestellt hatte.

Die Hochzeit von Sibel war bereits am Samstag, und Charlotte war nicht sicher, ob sie große Lust hatte, dabei zu sein. Schließlich kannte sie außer Metin und seinen Schwestern keinen der Gäste. Hochzeiten, fand Charlotte, konnten ziemlich langweilig sein. Dagegen war es in der Cookie-Bar gerade ziemlich lustig. Jamie bastelte die witzigsten Kekse und Torten, die Charlotte je gesehen hatte. Und jedes Blech Cookies schmeckte anders.

Die 3-D-Torte hatte Jamie tatsächlich sicher verpackt und mit FedEx nach London geschickt. Das war bestimmt wahnsinnig teuer gewesen. Rosalie schien ihm wirklich viel zu bedeuten, auch wenn Charlotte ihm einfach nicht aus der Nase ziehen konnte, was zwischen den beiden schiefgelaufen war. Das letzte Mal, als sie nachgebohrt hatte, war Jamie ein riesiges Blech Cookies misslungen. Die Dinger schmeckten tatsächlich nach verbrannter Erde. Das wollte Charlotte nicht noch mal riskieren.

Sie holte ihr Handy aus der Tasche. Vielleicht sollte sie Metin einfach mal eine nette SMS schreiben. Sie hielt es für möglich, dass er eifersüchtig war, weil sie den ganzen Tag mit Jamie in der Bar abhing – gezwungenermaßen zwar, aber trotzdem.

Wieso war alles immer gleich so kompliziert? Oder war sie selber zu kompliziert? Sie seufzte ein zweites Mal.

Gerade als sie zu tippen begann, summte ihr Handy. Eine Nachricht von Marie. Na endlich!

Hi, Süße, alles Mist hier. Marc hat mit mir Schluss gemacht. Er liebt eine andere. Alle Jungs sind Loser. Grande bise de Marie. Hab derbe Sehnsucht nach Old Bärlin.

»Hab ich es doch gewusst!«, rief Charlotte triumphierend.

»Was hast du gewusst?«, fragte Metin und setzte sich neben sie auf den Bürgersteig.

»Metin!«, rief Charlotte. Sie fiel ihm glücklich um den Hals und kippte dabei vom Stuhl.

»Hoppla!«, rief er und drückte sie an sich.

»Ich bin echt froh, dass du da bist«, sagte Charlotte erleichtert, und ausnahmsweise wusste sie in diesem Moment genau, dass sie es so meinte.

Sie umarmte ihn ganz fest. »Ich habe dich so vermisst.« Es war ein beruhigendes Gefühl, einfach nur von jemandem festgehalten zu werden. Charlotte schloss die Augen.

»Marie hat gerade gesimst«, murmelte sie. »Sie hatte einen Freund, er hat Schluss gemacht. Glaub mir, das habe ich die ganze Zeit geahnt. Also, dass sie jemanden kennengelernt hat, meine ich.« Sie schlang ihre Arme um seinen Hals und verwuschelte sein Haar. »Und was hast du in den letzten Tagen so gemacht?«

Metin antwortete nicht sofort. »Ach, dies und das«, sagte er schließlich. Etwas in seiner Stimme ließ Charlotte aufhorchen. »Was genau ist dies und das?«, hakte sie nach. Sie schaute ihm prüfend ins Gesicht.

»Prinzenbad«, sagte er einsilbig.

»Prinzenbad?«, rief Charlotte. »Ich denke, du findest es dort doof? Mit mir und Marie gehst du jedenfalls nie hin.«

Metin zuckte mit den Schultern. »Darf ich meine Meinung nicht mal ändern, oder was? Ferdi hat angerufen. Mit dem war ich dort 'ne Runde schwimmen.«

Charlotte schüttelte verwirrt den Kopf. »Du meinst **den**

Ferdinand? Diesen völlig beknackten Typen aus der Zehnten? Der hat mich letzte Woche total billig angemacht!«

Metin guckte verlegen. »Weiß ich. Er hat es aber nicht so gemeint. Er ist eigentlich ziemlich schüchtern.«

Charlotte sprang auf. »Schüchtern? ’ne Zecke ist der. Und wieso weißt du davon überhaupt? Redet ihr über mich? **Was** genau redet ihr über mich?«

Metin griff nach ihrer Hand. »Jetzt beruhig dich mal. Ferdi war auch mit bei dieser Bulgarien-Freizeit im letzten Jahr. Seitdem hängen wir manchmal zusammen ab. Er ist lustig. Das ist die ganze Story.«

Charlotte schnaubte abfällig durch die Nase. »So lustig wie die anderen Typen, die wir auf dem Badeschiff kennengelernt haben, vermutlich. Na toll. Und ich schufte mir hier einen ab. Waren die vielleicht auch mit im Prinz, und war Ilona dabei?«

Metin antwortete nicht. Charlotte wurde plötzlich ganz heiß. »Warst du mit Ilona und den anderen im Prinzenbad, Metin?«

Metin grinste. »He, jetzt bleib mal gechillt, Lotte. Wenn du es genau wissen willst, ja! Und mit ein paar Tausend anderen Leuten, denen es in ihrer Bude zu heiß war. Ich beschwere mich auch nicht darüber, dass du den ganzen Tag mit Engländern Gute-Laune-Kekse backst.« Sein Handy piepte. Metin schaute auf das Display und ließ Charlottes Hand los. »Ich muss wieder«, sagte er und stand auf. »Wollte nur mal kurz Hallo sagen.«

»Bitte, ich halte dich nicht auf. Ilona wartet sicher schon sehnsüchtig.«

Metin schüttelte stöhnend den Kopf. »Nee, tut sie nicht. Ich habe einen Termin beim Friseur. Meine Matte muss ab, sonst darf ich nicht zu Sibels Hochzeit.«

Charlotte schrie entsetzt auf. »Du willst deine Locken abschneiden, nur wegen so einer Hochzeit? Mach das ja nicht, Metin. Bitte!«

»Keine Chance. Sonst verstößt mich meine Familie.« Er grinste. »Später holen mein Onkel und ich meinen Vater vom Flughafen ab. Seine neue Frau kommt auch mit«, sagte er betont locker. »Vielleicht lasse ich mir zur Begrüßung ja 'ne Glatze scheren, ist doch praktisch bei der Hitze.«

»Ach, mach doch, was du willst, Mann!« Wütend ließ ihn Charlotte stehen und lief zurück in die Bar.

»Sag jetzt bloß nichts!«, rief sie drohend, als sie das fragende Gesicht ihrer Mutter sah. Sie stürmte weiter in die Küche, wo Jamie einem Blech Cookies lachende Blumengesichter verpasste.

»Ich muss mal dringend 'ne Runde Teig kneten«, rief Charlotte und hielt ihre verschwitzten Hände unter fließendes Wasser. »Hast du was für mich?«

Jamie zeigte grinsend auf einen riesigen Bottich mit frisch zusammengemengtem Teig. »Der könnte eine Spezialbehandlung gebrauchen. Leb dich ruhig aus.«

Charlotte steckte ihre Arme tief in den weichen Teig. »Worauf du dich verlassen kannst!«, sagte sie und legte voller Enthusiasmus los.

17

DEN REST DER WOCHE herrschte Funkstille zwischen Metin und Charlotte.

Am Freitag legte ihre Mutter zweihundert Euro auf die Ladentheke und sagte aufmunternd: »Hier, mein Schatz. Dein Kredit hat sich verdoppelt. Vielleicht willst du dir was Hübsches zum Anziehen kaufen für die Hochzeit? Im *Sonnenschirmchen* haben sie total süße Sommerkleider. Ich bin mir sicher, dass du darin zauberhaft aussehen würdest.«

Charlotte schüttelte den Kopf. »Lieb von dir, Mama. Aber ich werde da morgen nicht hingehen.« Sie holte tief Luft. »Und ich will auf keinen Fall darüber sprechen.« Sie steckte das Geld in ihre Hosentasche. »Ich geh trotzdem mal 'ne kleine Runde spazieren. Zur Teezeit bin ich zurück.« Sie war schon fast aus der Tür, als sie fragte: »Schaffst du das bis dahin wirklich alleine hier? Wann kommt Jamie denn wieder?«

Ihre Mutter lächelte sie aufmunternd an. »Kein Problem. Ich bin doch schon groß.«

Charlotte musste grinsen. Das hatte doch Jamie auch schon über ihre Mutter gesagt. Gut, sich das gelegentlich bewusst zu machen. In den letzten Monaten hatte Charlotte oft das Gefühl gehabt, dass sie auf ihre Mutter aufpassen musste und nicht umgekehrt. Aber seit es das **Cookie's** gab, war ihre Mutter wie ausgewechselt. Und darüber war Charlotte erleichtert. Heute Mittag war Jamie endlich mit dem Chef de Cuisine aus dem *Perior* verabredet. Der Meisterkoch schien total beschäftigt zu sein, deshalb hatte Jamie ewige Zeiten auf einen Termin warten müssen. Wenn Charlotte ehrlich war, konnte sie sich gar nicht vorstellen, dass Jamie nicht mehr im **Cookie's** arbeiten würde. Obwohl ihre Mutter inzwischen sogar die karamellisierte Apfel-Tarte beherrschte.

Sie war fast so lecker wie die von Jamie. **Fast!** Charlotte hatte Jamie in Verdacht, dass er heimlich noch irgendein Gewürz untermischte, das er Barbara nicht verraten hatte. Waren nicht alle tollen Köche schräg drauf? Charlotte kam der irre Gedanke, dass Jamie selbst ein verzauberter Cookie war. Er roch ja sogar wie seine Cookies. Heute nach Zimt, morgen nach Nelken, übermorgen nach Kardamom mit einer Prise Muskat verfeinert und als Kopfnote lecker Buttercreme.

Im Unterschied dazu duftete Metin nach würzigem Vetiver, einem sündhaft teuren Rasierwasser, das er von seinen Schwestern zum Geburtstag bekommen hatte. Charlotte lachte. Selbst mit verbundenen Augen würde sie sowohl Metin als auch Jamie überall herausschnuppern.

Plötzlich fühlte sie sich nicht mehr ganz so schwer ums Herz, und sie blieb vor dem *Sonnenschirmchen* stehen. Im Schaufenster war ein atemberaubend schönes Kleid ausgestellt. Es war zartgelb und mit jeder Menge Veilchen übersät. Magisch davon angezogen, betrat sie das Geschäft und starrte das Kleid an.

»Hi, Charlotte. Cool, du hier. Kann ich dir weiterhelfen?« Ein süßes Punkmädchen mit rosa gefärbten Rastafari-Locken und tätowierten Sternchen um ihr linkes Auge herum kam angelaufen und strahlte sie an. Sie trug knallenge Tigershorts.

»Hallo, Millie«, sagte Charlotte und sah sie bewundernd an. Millies Outfits waren selbst in Kreuzberg ein absoluter Hingucker. »Ich will mich nur kurz umschauen.«

Millie war inzwischen Stammgast im **Cookie's**. Jeden Morgen, bevor sie das *Sonnenschirmchen* aufschloss, holte sie sich einen großen Cappuccino mit einem Schuss Karamell und den *Cookie of the day*. Dabei flirtete sie ganz offen mit Jamie, der ihr meistens noch ein Stück Kuchen zum Probieren mitgab.

»Dir hat es das Veilchenkleid angetan, stimmt's?«, fragte Millie. »Das würde dir super stehen. Willst du es anprobieren?«

»Nein, lieber nicht!«, rief Charlotte erschrocken und schüttelte den Kopf. »Ist bestimmt auch viel zu teuer für mich.« Sie hatte nicht vor, die zweihundert Euro, die sich ihre Mutter vom Mund abgespart hatte, für ein Kleid auszugeben, das nicht mehr war als ein Hauch von Veilchen und Zitrone.

»Anprobieren kostet nichts«, sagte Millie und löste die feinen Stecknadeln, die das Kleid auf dem Bügel fixierten. »Hier. Genau deine Größe. Ist aus Viskose, kannst du ohne Stress in die Waschmaschine stopfen.«

Aus der Nähe sah das Kleid noch umwerfender aus. Es fühlte sich so zart an, als würde es jeden Augenblick verwelken. Charlotte verschwand damit in der Umkleidekabine und zog es schnell an.

Millie hatte recht. Das Kleid saß wie angegossen, und als sie sich vor dem Spiegel um die eigene Achse drehte, hatte Charlotte für einen kurzen Augenblick die Vision, dass sie sich selber in ein Veilchen verwandelt hatte.

»Krass!«, sagte Millie beeindruckt. »Das Kleid steht dir wahnsinnig gut. Ich hatte es gestern auch an und sah aus wie ein Kartoffelstampfer.«

Charlotte kicherte. »Du spinnst ja. Du bist darin bestimmt voll süß.«

Millie schüttelte den Kopf. »Glaub mir, das ist dein Kleid. Es passt perfekt zu deiner Augenfarbe.« Sie atmete tief ein. »Hast du auch das Gefühl, dass plötzlich alles hier nach Veilchen duftet?« Sie öffnete die Ladentür und befestigte sie mit einem Riegel an der Innenwand. »Die Hitze macht mich noch völlig irre.«

Sie nahm eine alte rote Polaroidkamera aus dem Regal hinter ihr und sagte: »Darf ich dich damit fotografieren? Das mache ich schon seit einiger Zeit, wenn jemandem ein Kleidungsstück wirklich perfekt passt.« Sie zeigte mit dem Finger auf eine Pinnwand. Tatsächlich, dort klebten eine ganze Reihe bunter Fotos. »Nimmst du das Kleid?«, fragte Millie gespannt.

Charlotte zuckte mit den Schultern. »Kann ich es mir denn leisten?«, fragte sie zaghaft. Sie schaute auf das Etikett, das am Rocksaum befestigt war. »Puh! Hundertzwanzig Chipse«, sagte sie. »Ganz schön viel.« Sie seufzte. »Ich hatte noch nie so etwas Teures.«

Sie kaute auf ihrer Unterlippe herum. »Mama hat mir Geld zum Geburtstag geschenkt, aber trotzdem. Ich brauche auch noch einen neuen Reifen für mein Fahrrad, und meinen Schulrucksack habe ich schon mit Flickzeug gepatcht ...« Sie betrachtete sich unschlüssig im Spiegel.

»Na, komm. Ich geb dir den Fummel für achtzig. Quasi schon zum Ausverkaufspreis«, sagte Millie plötzlich. »Pack das Ding schnell ein, bevor der Chef auftaucht.«

Charlotte stieß einen entzückten Schrei aus. »ECHT? DAS WÜRDEST DU WIRKLICH TUN?« Sie fiel Millie um den Hals und zerquetschte sie fast vor Freude. »Ich lasse es aber gleich an.«

Sie hüpfte in die Umkleidekabine zurück und zog ihre Sandalen an. Dann holte sie die Geldscheine aus ihrer Hosentasche und bezahlte.

Millie stopfte die Jeans und das T-Shirt mit dem Aufdruck *Das Leben ist kein Ponyhof* in einen Umhängebeutel aus Stoff und legte die Rechnung dazu.

»Viel Spaß, Charlotte. Heute **ist** das Leben eben mal ein Ponyhof«, sagte Millie und strahlte so, als hätte sie sich das Kleid gerade selber gekauft. »Hast du zufällig was vor? Mit dem Kleid musst du feiern. Es ist ein richtiges Gute-Laune-Kleid – so wie eure genialen Cookies.«

Charlotte schüttelte den Kopf. »Mal sehen.«

Millie begleitete sie bis vor die Tür. »Oh Mann, ich werde verrückt. Dieses Kleid riecht wirklich nach Veilchen. Oder bist du das?« Sie schnupperte an Charlottes Hals.

Charlotte lachte. »Dreh nicht durch bei der Hitze.« Aber im selben Moment fing auch ihre Nase einen starken Veilchengeruch ein. »Ich geh mein Kleid auslüften«, sagte sie übermütig. »Und im *Bateau Ivre* Saft trinken. Tschüss und bis morgen. Dein nächster Cappuccino bei uns geht natürlich aufs Haus.«

Das *Bateau Ivre* am Heinrichplatz war nach dem französischen Dichter Rimbaud benannt – *bateau ivre* bedeutete so etwas wie *trunkenes Schiff*. Charlotte hatte das Gedicht im Unterricht gelesen und nicht wirklich verstanden, um was es darin ging. Aber es hatte ihr trotzdem gefallen, denn die Verse klangen wild und irgendwie romantisch.

Das hatten wohl auch die Leute gefühlt, die das Café eingerichtet hatten. Denn es war eine abenteuerliche Mischung aus Omasofas, Graffiti und wunderschön bemalten Papierlampions, die von der Decke hingen und die Räume in mildes Licht tauchten, sobald es Abend wurde. Der Laden war beliebt. Oft war es im *Bateau Ivre* so knallvoll, dass man gar keinen Platz bekam. Aber heute waren sogar die Stammgäste des *Bateau Ivre* lieber am Wannsee. Charlotte ergatterte einen kleinen Tisch mit Liegestuhl direkt vor der Tür und bestellte sich einen Granatapfelsaft mit viel Eis, frisch gepresst.

»Lass es dir schmecken!«, sagte der Kellner.

Durstig sog sie an dem Strohhalm und schmeckte dem bittersüßen Geschmack auf ihrer Zunge nach. Zum ersten Mal in diesem Sommer hatte sie ein echtes Ferienfeeling. Glücklich strich sie über den Veilchenstoff ihres Kleides, schloss die Lider und atmete die warme Luft ein und die Sonne, die ihr mitten ins Gesicht schien.

Ich pfeif auf das Mittelmeer, dachte sie zufrieden. Ist doch alles super hier. Mit ein wenig Phantasie konnte sie sich sogar einbilden, dass die Palmen und Malvenbüsche, die den Heinrichplatz schmückten, nicht aus Tontöpfen wuchsen, sondern direkt aus dem Erdboden sprießten.

»YOU LOOK BEAUTIFUL!«

Charlotte riss erschrocken die Augen auf.

Direkt vor ihr stand Jamie und lachte sie an. »Sorry. Habe ich dich aufgeweckt?« Er zog einen Holzstuhl vom Nebentisch heran und setzte sich zu ihr. »Darf ich?« Er zeigte auf den Saft.

Charlotte nickte. »Klar!«

Er probierte neugierig. »Wow, das schmeckt ja toll.« Er machte dem Kellner mit Handzeichen deutlich, dass er auch einen Granatapfelsaft trinken wollte. »Den brauchen wir im **Cookie's** auch.«

»Nö, wieso?«, widersprach Charlotte. »Dein Apfel-Pfefferminz-Eistee kann auf jeden Fall mithalten. Granatapfel gibt es gerade überall, aber so einen Eistee nicht.«

Jamie lächelte. »Nett von dir. Aber einen Veilchensaft könnte ich erfinden und nach dir benennen. *Cookie's Violet* – very special.«

Charlotte spürte, wie sie rot wurde. Zu blöd, sie hasste nichts mehr als das. Sie verrückte den Liegestuhl, sodass sie Jamie nicht mehr direkt angucken musste. »Langsam wird es doch heiß hier. Wie war es denn im *Perior*? Kannst du dort anfangen?«, wechselte sie das Thema.

»Vielleicht«, sagte Jamie. »Ich soll morgen Abend zur Probe mitkochen.«

Charlotte spürte ein Ziehen in ihrem Magen. Vielleicht hatte sie den kalten Saft doch zu schnell getrunken. »Oh, das ist cool«, sagte sie leise. »Der Typ wäre auch doof, wenn er dich nicht nehmen würde.« Sie zappelte unruhig in ihrem Liegestuhl herum. Was war jetzt schon wieder mit ihr los? Schließlich war Jamie nach Berlin gekommen, um bei einem Sternekoch zu lernen. Eine abgewrackte Kreuzberger Sandwich-Bar in Schwung zu bringen, hatte er sicher nicht auf dem Schirm gehabt. Sie durfte wirklich nicht so egoistisch sein. Das brachte doch niemandem etwas.

»Warum fängst du nicht schon heute Abend an?«, hörte sie sich plötzlich sagen. »Je schneller du loslegst, desto besser. Freitag brummt in Restaurants immer der Bär. So eine spontane Nummer kommt bei dem Küchenchef sicher gut an.«

Jamie schüttelte den Kopf. »Keine Lust. Er wollte ja, dass ich dableibe. Aber ich hab schon was anderes vor heute Abend.«

Charlotte sah ihn aus großen Augen an. »Aber das ist doch ungeschickt von dir. Jetzt ist er bestimmt sauer. Was gibt es denn Wichtigeres?« Ohne seine Antwort abzuwarten, sagte sie: »**Gar nichts.** Am besten, du ziehst gleich ab und überraschst ihn damit, dass du dir die Zeit doch freigeschaufelt hast.«

Jamie machte eine abwehrende Handbewegung. »**Auf gar keinen Fall.**« Er zauberte zwei Papierstreifen hervor.

»Ich finde, dieser Film passt perfekt zu deinem schönen Kleid. Bitte, bitte, sag nicht Nein.«

Er legte zwei Kinokarten auf den Tisch. »*La Boum*«, sagte er. »Ein echt toller Film aus den Achtzigern mit Sophie Marceau. Im Freilichtkino in der Hasenheide. Ich habe gehört, es soll dort ganz toll sein. Sagst du Ja?«, bat er sie mit diesem speziellen Blick, der Charlotte innerhalb von Sekunden in eine Mischung aus totaler Panik und Euphorie versetzte. »Ich habe sogar noch einen Strandkorb erwischt«, strahlte er. »Das ist doch total crazy, oder?«

18

IM COOKIE'S TOBTE DER BÄR!

Ein ganzer Schwall Touristen war eingefallen, mampfte sich durch die Kuchen und bestellte literweise Apfel-Pfefferminz-Eistee. Sogar zu dritt kamen Charlotte, Barbara und Jamie kaum hinterher.

»Es hilft nichts«, stöhnte Charlottes Mutter. »Ich muss demnächst eine Aushilfe einstellen. Ich schaffe es nicht mehr alleine. Sergios Schwester sucht einen Job. Ich werde sie einfach mal fragen, ob sie Lust hat.«

Charlotte umarmte ihre Mutter. »Ist doch alles gut, Mama! Hauptsache, der Laden brummt.«

Barbara trank den letzten Schluck Eistee aus. »Herrlich«, lobte sie. »Dieses Zeug ist göttlich, Jamie!« Sie begann, sich über die schmutzigen Geschirrberge herzumachen. »Nein! Ihr spült jetzt nicht, sonst verpasst ihr noch den Anfang«, sagte sie resolut, als Charlotte und Jamie mithelfen wollten. »Schnappt euch lieber einen Stapel Flyer und verteilt sie im Kino. Das nützt mir mindestens genauso. Viel Spaß und bleibt brav!« Sie drückte Charlotte einen lauten Kuss auf die Wange.

»Mama, muss das sein?«, rief Charlotte.

Sie lief mit Jamie zur U-Bahn. In den überfüllten Waggons war es brütend heiß. Nach ein paar Sekunden klebte das Veilchenkleid wie ein nasses Fähnchen an Charlottes Haut. Deshalb stiegen sie eine Station früher am Hermannplatz aus und liefen das letzte Stück bis zum Volkspark zu Fuß. »Hoffentlich kommen da nicht nur so ältere Leute, die den Film noch von früher kennen«, sagte Charlotte. Eigentlich war ihr das total egal, aber sie wollte wenigstens irgendetwas reden, um sich abzulenken. Ausgerechnet jetzt ratterten ihr nämlich tausend lästige Gedanken durch den Kopf. Besonders an Metin und ihren Geburtstag auf dem Dach wollte sie im Moment eigentlich nicht denken. Noch weniger an die *La Boum*-Kassette und den halben Kuss, den ihr Metin kurz nach Mitternacht gestohlen hatte. »**Dreams are my reality**«, summte sie leise vor sich hin.

»Hey«, sagte Jamie überrascht. »Du kennst den Film ja doch, stimmt's?«

Charlotte nickte. »Klar, von Mama, und er läuft ja auch öfter mal im Fernsehen.«

Jamie grinste. »Meine Mutter fährt auch völlig auf *La Boum* ab, der Film ist aber trotzdem gut.«

Sie prusteten los. Ihre Mütter konnten echt ziemliche Nervensägen sein, wenn sie sich wie in die Jahre gekommene Teenager benahmen. Na ja, es gab Schlimmeres, darin waren sie sich auch einig.

Der Zugang zur Freiluftbühne war mit bunten Lichterketten geschmückt. An den Begrenzungen, die den Platz vom übrigen Volkspark abtrennten, klebten kitschige Filmplakate. Die Bänke vor der großen Leinwand waren bereits gut gefüllt. Das Publikum war ein Mix aus Leuten in unterschiedlichem Alter.

Die ersten beiden Reihen hatte eine Truppe in Beschlag genommen, die es sich bei einem Picknick gemütlich gemacht hatte. Charlotte guckte sich neugierig weiter um und schrie auf. »Wow! Den Typen dahinten kenne ich – er heißt Marc und ist auf meiner Schule in der elften Klasse. Den fand meine Freundin Marie bis vor Kurzem total gut. Hätte ich nicht gedacht, dass der sich einen Teenie-Film anschaut, vielleicht ist er in Sophie Marceau verknallt.«

Im Mittelgang spielten ein paar Kinder, sicher nicht viel älter als sechs, Fangen. Ein Vater rief vergeblich nach ihnen. Schließlich gab er es auf und machte es sich in einem Liegestuhl bequem.

»Dort drüben sind die Strandkörbe«, sagte Jamie und streckte die Hand in Richtung Seitenflügel aus.

Im selben Moment erloschen die Scheinwerfer, die die Bühne angestrahlt hatten, und die Werbung begann.

»Komm!«, rief Jamie und zog Charlotte an der Hand mit sich.

»Der Strandkorb ist ja cool!«, jubelte Charlotte, als sie ihre Reservierung ausfindig gemacht hatten. »Der sieht genauso aus wie die Dinger an der Nordsee.« Sie setzte sich hinein und machte es sich gemütlich.

»Kannst du auf die Leinwand sehen?«, fragte Jamie und schob den Strandkorb ein wenig mehr Richtung Bühne.

»Kein Problem!«, antwortete Charlotte und rückte unauffällig in die linke Ecke, um nicht Schulter an Schulter mit Jamie zu sitzen. »Wann geht es denn endlich los?« Sie starrte verlegen auf die Leinwand.

»Gleich!«, antwortete Jamie und zauberte eine Tüte Popcorn aus seinem Rucksack.

»Cool, gesalzen. Mag ich viel lieber«, sagte Charlotte und griff sich eine Handvoll.

Endlich war die Werbung zu Ende, und Sophie Marceau tauchte in ihrer Rolle als Vic Beretton auf der Leinwand auf.

»**Oh Boy**«, stöhnte Charlotte. »Wenn ich solche Klamotten wie Vic tragen müsste, würde ich sterben.« Sie strich dankbar über ihr zitronengelbes Veilchenkleid.

»Der Film ist ja auch very eighties«, sagte Jamie.

Bereits nach wenigen Minuten gab Charlotte ihren unbequemen Eckplatz auf und lehnte sich an Jamie. »Vic streitet sich ständig mit ihren Eltern«, kommentierte sie die Filmhandlung. »Das geht bei denen so ab wie bei uns früher. Nur dass mein Vater Sabine kennengelernt hat und Mama sich deshalb sofort hat scheiden lassen. Vielleicht hätte sie sich lieber einen Freund anschaffen sollen, um ihn eifersüchtig zu machen. Wenn das allerdings mein Lehrer gewesen wäre, so wie bei Vic, wär ich nicht mehr in die Schule gegangen. Das ist ja so was von oberpeinlich. Da ist doch dein ganzes Leben ruiniert. Was meinst du?« Sie steckte sich eine Handvoll Popcorn in den Mund.

»Meine Mutter war mal eine Weile mit meinem Sportlehrer zusammen.« Jamie grinste. »Ich bin Kummer gewöhnt.«

»Das ist ja schrecklich! Das tut mir leid«, schrie Charlotte so laut auf, dass sich einige Zuschauer empört nach ihr umguckten.

»Hey, du, Drama-Queen – der Film spielt da oben auf der Leinwand«, meckerte ein Typ aus der Reihe hinter ihnen. »Konzentrier dich mal auf Sophie.«

Charlotte kicherte. »Alles Sophie-Marceau-Fans hier, scheint es. Ich finde auch, dass die Jungs in dem Film nicht so gut aussehen wie die Mädchen.« Sie schwieg eine Weile und verfolgte die Filmhandlung weiter. Der Plan von Vics Mutter schien zu gelingen. Bei Vic klappte es mit Mathieu weniger gut. Ihr Liebeskummer wurde immer größer. Charlotte musste plötzlich an Metin denken. Ob er sich tatsächlich heimlich mit Ilona getroffen hatte? Und wenn ja: Machte es ihr wirklich etwas aus, und würde sie ihn wie Vic eifersüchtig machen wollen?

»Siehst du«, flüsterte Jamie ihr in diesem Moment ins Ohr. »Ich sag es dir: Die Strategie mit dem Herumlügen und Eifersüchtigmachen zieht nicht. Macht die Dinge nur noch viel komplizierter, als sie es ohnehin schon sind.«

Wie unheimlich. Liest Jamie meine Gedanken? Charlotte musterte ihn von der Seite. »Sprichst du aus Erfahrung?«

Jamie verzog den Mund zu einem angedeuteten Lächeln. »No comment.«

Charlotte schubste ihn sanft. »Jetzt sag schon«, flüsterte sie zurück.

»Glaub mir, das interessiert dich echt nicht.« Jamie berührte ihren Arm.

Charlotte bekam eine Gänsehaut und begann zu zittern.

»Frierst du?«, fragte Jamie besorgt. »Du hast ja gar keine Jacke mitgenommen.«

Er legte den Arm um sie und zog sie eng an sich. Charlotte musste die Augen schließen, so schwindlig wurde ihr davon. Sie legte ihre Wange auf seine Brust und hörte sein Herz laut pochen. In ihrem Kopf rauschte es wie unter einem Wasserfall. Sie hielt den Atem an und wünschte sich, dass dieser Augenblick nie vorbeigehen würde. Gerade als sich Vic alias Sophie in Mathieus Arme stürzte, küssten sich Jamie und Charlotte um einiges leidenschaftlicher als das Filmpärchen vor ihnen auf der Leinwand.

Das war er! Charlotte wusste es im selben Augenblick. Das war er, der echte, total verliebte Kuss. Sie hatte es nicht eher geahnt, bevor sich ihre und Jamies Lippen berührten.

Ich bin in Jamie verliebt!, dachte Charlotte. Schon eine ganze Weile. Ich war bereits in Jamie verliebt, als ich Metin geküsst habe.

Metin war ihr Freund für immer. Das war klar. Aber er war nicht der Junge, bei dem sie wildes Herzrasen und Gänsehaut bis in den kleinsten Zeh bekam. Im Vergleich zu dem Kuss mit Jamie eben war der Kuss mit Metin nur ein gefahrloser Freundschaftskuss gewesen. Ganz schön kompliziert. Manche Dinge erkannte man erst, wenn man sie endlich tat.

»Ich mag dich sehr«, murmelte Jamie und küsste ihr Ohr so zärtlich wie einen sehr wertvollen Gegenstand. Und dann saßen sie einfach nur ineinander verschlungen da und küssten sich immer und immer wieder.

Dreams are my reality, tönte es aus den riesigen Lautsprechern über ihnen. Es lief der Abspann von *La Boum*. Charlotte hatte ihre Augen immer noch geschlossen.

»Schluss, Freunde!« Der Spaßvogel aus der Reihe hinter ihnen klopfte an ihren Strandkorb. »The show is over.«

Jamie küsste Charlottes Augenlider. »Aufwachen, Cookie. Wir müssen nach Hause gehen.«

Widerwillig öffnete Charlotte die Augen. »Können wir nicht noch länger bleiben?«, fragte sie.

»Leider nein!« Jamie lächelte. »Sonst sperren die uns hier über Nacht ein.«

Jamie holte seine Jeansjacke aus dem Rucksack und legte sie Charlotte über die nackten Schultern. Zehn Minuten und fünf Dauerküsse später verließen sie mit den letzten Besuchern das Kino. Unter einer Laterne im Volkspark, die mattgelbes Licht spendete, küssten sie sich ein weiteres Mal.

»Du duftest nach Veilchen«, flüsterte Jamie.

Charlotte lachte leise. »Na klar, hast du das nicht gewusst? Jede Nacht verwandle ich mich in eine Blume und schlafe so lange, bis der erste Sonnenstrahl mich wieder aufweckt. Ich glaube, morgen bin ich eine Mittagsblume, da kann ich mal richtig lange ausschlafen.«

Jamie grinste. »Dann sei lieber vorsichtig. Blüten kann man nämlich essen, die sind sogar sehr lecker. Wenn du nicht aufpasst, verspeise ich dich einfach.« Er küsste Charlotte auf den Hals, und bevor sie flüchten konnte, verpasste er ihr einen Knutschfleck.

Sie spazierten den ganzen Weg bis zur Oranienstraße Arm in Arm.

»Wir verraten niemandem etwas«, sagte Charlotte, als

sie die Haustür aufschloss. »Mama stresst mich immer mit ihren neugierigen Fragen.«

Jamie nickte. »Ist okay. Kenne ich von Penny.«

Als sie vor der Wohnungstür standen, sagte Jamie plötzlich: »Oder gibt es noch einen anderen Grund dafür?«

Charlotte wurde heiß. »Wie? Was meinst du denn damit?« Ihre Stimme klang alarmierter, als sie es selber erwartet hatte.

Das schien auch Jamie aufzufallen. Er musterte sie nachdenklich.

»Hey, Jamie, ich habe dich was gefragt«, wiederholte Charlotte ungeduldig. Es kribbelte unangenehm in ihrem Nacken.

»Metin«, sagte Jamie ruhig. »Bist du mit Metin zusammen?«

»QUATSCH!«, rief sie. »Wie kommst du denn darauf?«

Jamie sah sie verblüfft an. »Na ja, kann doch sein. Warum explodierst du denn gleich so? War ja nur eine Frage.«

Charlotte atmete schnell. »Weil ich nicht verstehe, warum du aus heiterem Himmel so misstrauische Fragen stellst.« Ihre Augen blitzten Jamie kampflustig an.

Jamie schüttelte genervt den Kopf. »Ich bin doch nicht misstrauisch. Ich habe mich nur ein wenig gewundert, dass niemand wissen soll, dass wir uns mögen. Vielleicht, weil du erst vor ein paar Tagen mit Metin im Schwimmbad herumgeknutscht hast?«

Charlotte stieß einen Schrei aus. »Spionierst du mir nach, oder was? Nerv ich dich etwa mit Rosalie? Dazu hätte ich nämlich viel mehr Grund. Du bist ja ganz offensichtlich immer noch so liebeskrank, dass du ihr gigantische Geburtstagstorten um die halbe Welt hinterherschickst. Das ist ja der totale Wahnsinn …«

Jamie war plötzlich ganz blass um die Nase. »Das ist jetzt allerdings der totale Wahnsinn«, sagte er mit rauer Stimme. »Lass bitte Rosalie aus dem Spiel.«

Jetzt wurde Charlotte richtig wütend. »Ach nee. Und warum …?«

In diesem Augenblick öffnete sich die Wohnungstür, und Barbara schaute sie überrascht an. »Ich weiß zwar nicht, was hier los ist, meine Lieben. Aber es ist schon sehr spät, und die Nachbarn wollen schlafen. Tragt eure Meinungsverschiedenheiten bitte in der Wohnung aus und nicht im Treppenhaus …« Sie machte eine einladende Bewegung. Charlotte und Jamie stürmten wortlos an Barbara vorbei in ihre Zimmer und schlugen die Türen hinter sich zu.

Charlottes Mutter schaute den beiden hinterher. »Toll, dass ihr einen so schönen Abend hattet, und super, dass euch der Film so gut gefallen hat!«, rief sie ihnen nach.

»Die sind doch verrückt«, murmelte sie und verschwand kopfschüttelnd zurück ins Wohnzimmer, um den Schluss des Spätfilms nicht zu verpassen.

19

NIE WIEDER SCHLAF, dachte Charlotte verzweifelt, als sie sich unruhig in ihrem Bett hin und her wälzte. Bestimmt kann ich nie wieder im Leben schlafen.

Im Nachhinein konnte Charlotte überhaupt nicht begreifen, warum sie so hysterisch geworden war. Sie konnte es sich nur mit einer Art Kurzschluss erklären. In ihrem Gefühlschaos war ihr einfach eine Sicherung durchgebrannt. Sie hatte erst Metin geküsst und dann Jamie. Na und? Das Jahr davor habe ich überhaupt niemanden geküsst. Der Zungenkuss, den sie mit Marie zusammen geübt hatte, zählte da nicht. Schließlich musste man vorbereitet sein auf das, was auf einen zukam. Jamie hatte bestimmt auch Küssen geübt. Warum sonst konnte er es so verdammt gut? Zum Glück hatte sich Charlotte auch ganz gut geschlagen. Jamie zu küssen war leicht gewesen und einfach nur prickelnd. Warum hatte sie nicht zugegeben, dass sie Metin geküsst hatte? Man konnte sich doch einfach mal irren.

Jamie hat dich in die Enge getrieben, sagte eine Stimme in ihrem Kopf. Er ist dafür verantwortlich, dass du dich schuldig fühlst.

Völliger Quatsch, widersprach eine andere Stimme. Du

hast dich selber ins Aus gekickt und den armen Jamie vor den Kopf gestoßen. Und vielleicht willst du dich ja auch gar nicht entscheiden und dir beide Jungs warmhalten.

»Niemals!«, rief Charlotte und schoss aus ihrem Bett hoch.

Ruhig Blut, sagte die erste Stimme. Vielleicht bist du dir gar nicht so sicher gewesen, was du tust. Jamie hätte dir mehr Zeit lassen müssen, es war richtig, ihn anzumeckern. Weiß Jamie denn genau, dass du die Richtige bist und nicht doch Rosalie?

Weißt du zweihundertprozentig, dass Jamie der Richtige ist, oder bist du nur so sauer geworden, weil du es eben noch nicht weißt?, ratterte es in Charlottes Kopf.

Eigentlich gab es nur eine Möglichkeit, das endgültig herauszufinden. Jedenfalls, was Charlottes Gefühle betraf. Und die Sache duldete keinen Aufschub. Entschlossen stand Charlotte auf und zog sich Jeans und T-Shirt an. Dann schrieb sie eine SMS.

Hey, schläfst Du schon? Muss Dich dringend sprechen. Lo

Kurze Zeit später summte ihr Handy.

Spiele gerade Dragon Age im vierten Level. Me

Charlotte stöhnte und tippte zurück.

Vergiss es. Sehe Dich in zehn Minuten oben auf dem Dach. Alarmstufe drei. Lo

Sie starrte ungeduldig auf das Display.

Okay. Me

»Geht doch«, sagte Charlotte zufrieden. Sie steckte den Hausschlüssel in die Hosentasche, nahm ihre Taschenlampe aus der Schublade und schlich in den Flur. Auf Zehenspitzen verließ sie die Wohnung und lief barfuß zum Dachboden.

Im Gegensatz zu ihrem Geburtstag war es dort stockdunkel. Für einen kurzen Moment verließ Charlotte der Mut. »Ist doch alles Wahnsinn«, murmelte sie. »Totaler Wahnsinn. Kehr um, Lotte.«

Etwas Weiches huschte über ihre nackten Füße. Charlotte stieß einen spitzen Schrei aus und sprang hastig zur Seite. Ein tönerner Blumentopf fiel scheppernd um. Im selben Augenblick blendete sie der Strahl einer Taschenlampe. »Hey, machst du einen auf Poltergeist, oder was?«

Metin! Am liebsten wäre ihm Charlotte um den Hals gefallen, sie konnte sich gerade noch zurückhalten. Das war jetzt die allerletzte Komplikation, die sie gebrauchen konnte. »Hey, du«, sagte sie und konnte die Freude in ihrer Stimme nicht verbergen. »Echt super, dass du gekommen bist.«

Metin brummte unwillig. »Hoffentlich ist es wichtig«, sagte er. »Ich wäre heute Nacht bestimmt noch in den fünften Level aufgestiegen!«

Charlotte versuchte, ein geknicktes Gesicht zu machen. »Sorry. Aber das muss sein.«

Sie gingen hintereinander hinaus aufs Dach. Nach dem Feuerwehreinsatz hatte der Hausmeister dort ordentlich aufgeräumt. Nichts erinnerte an Charlottes verrückte Geburtstagsfeier mit Metin.

Eigentlich schade, dachte sie plötzlich. Als ob das alles nur ein lustiger Traum war.

»Also, was liegt an?«, fragte Metin und lehnte sich gegen den Schornstein.

Charlotte setzte sich auf einen Stapel Ziegelsteine, holte tief Luft und sagte: »Ich wollte mit dir über Ilona sprechen.«

Metin verzog sein Gesicht so, dass er wie der kleine Bruder von E. T. aussah. »Das ist nicht dein Ernst, oder? Das ist jetzt nicht der Grund, warum du mich von *Dragon Age* weggeholt hast? Ist das so eine Eifersuchtsnummer? Nee, Lotte. Das kriege ich jeden Tag bei Sibel mit. Vergiss es!« Er wollte wieder nach unten gehen.

»Halt, Metin. Nein. So habe ich das nicht gemeint!«, rief ihm Charlotte verzweifelt hinterher. »Ich wollte … eigentlich … in Wirklichkeit geht es eher … also, es geht um Jamie.« In ihrem Kopf drehte sich alles, weil sie vergessen hatte, auszuatmen. Konzentriert versuchte sie, die angesammelte Luft aus den Lungen zu pusten.

»Okay?«, sagte Metin und blieb unentschlossen stehen. »Was ist denn mit Jamie? Haben ihn die Bullen festgenommen, ist er ein Alien? Warum musst du mit mir über ihn sprechen?«

Charlotte gab sich einen Ruck. »Genauer gesagt geht es um Jamie und mich, noch konkreter um mich und dich und Jamie. Und um unseren Kuss. Weil ich Jamie heute auch geküsst habe. Und vielleicht, aber nur ganz vielleicht, spielt Ilona da auch eine Rolle.« Sie starrte in der Dunkelheit auf ihre Zehen.

Metin kam wortlos zurück und lehnte sich wieder an den

Schornstein. »Und?«, fragte er schließlich. Seine Stimme hörte sich plötzlich ganz weich an.

»Ich … ich hab Angst«, sagte Charlotte und fing an zu weinen. »Angst, dass ich nicht das Richtige mache. Ja, es stimmt, ich war schon eifersüchtig wegen Ilona, aber ich weiß immer noch nicht genau, warum eigentlich. Ganz sicher deshalb, weil du mein bester Freund bist und ich nicht will, dass das nun jemand anderes für dich ist. Und es war doch auch schön und irgendwie beruhigend, dich zu küssen. Wir hatten so viel Spaß mit dem geklauten Rad und auf dem Badeschiff. Doch dann habe ich trotzdem Jamie geküsst, und das war gar nicht beruhigend, aber trotzdem total schön. Und weil ich euch nicht weiter beide küssen kann, muss ich herausfinden, was ich tun soll, und ich fürchte mich davor, alles total falsch zu machen. Verstehst du mich?« Sie sah ihn unglücklich an.

»Ja«, sagte er kurz. »Und an der Stelle kommt tatsächlich Ilona ins Spiel. Weil es mir nämlich ähnlich geht wie dir. Du bist meine beste Freundin, und zwar für immer, und ich würde sterben, wenn du mich nicht mehr magst. Ich habe Ilona geküsst, und es war aufregend. Aber dich zu küssen ist auch schön. Ich bin gerne mit dir zusammen.«

Charlotte stand auf. »Wir müssen es aber herausfinden«, sagte sie entschlossen.

Metin nickte. »Sehe ich genauso.« Sie gingen langsam aufeinander zu. »Hast du eine andere Idee, wie wir es testen könnten?«, fragte Metin.

Charlotte schüttelte seufzend den Kopf. Metin nahm ihr Gesicht in seine Hände. »Aber nur, wenn du danach mit dem Heulen aufhörst.« Und dann küssten sie sich ziemlich lange.

»Okay«, sagte Metin schließlich und ließ sie los. »Reicht das?«

»Ich glaube schon. Und?«, fragte sie gespannt.

»Ich finde, wir küssen ziemlich gut«, stellte Metin fest.

»Finde ich auch«, erwiderte Charlotte. Sie schwiegen einen Augenblick.

»Für einen Freundschaftskuss ist das erste Sahne«, sagte Metin und grinste.

»Das finde ich auch.« Charlotte lächelte erleichtert.

»Wär's das dann?«, fragte Metin.

»Erst einmal schon«, antwortete Charlotte. »Bis auf deinen komischen Haarschnitt habe ich überhaupt nichts an dir auszusetzen.«

Metin tippte auf Charlottes Hals. »Dieser Knutschfleck ist auch nicht gerade ein Schönheitsmal. Aber darüber sehe ich als dein bester Freund natürlich großzügig hinweg.«

Charlotte fiel ihm um den Hals und gab ihm einen Kuss auf die Wange. »Das ist lieb von dir. Aber ich hab auch nichts anderes von dir erwartet.«

Metin brachte Charlotte bis vor ihre Wohnungstür. »Sehen wir uns bald?«

Charlotte nickte. »Zur Hochzeit von Sibel komme ich lieber nicht. Sonst werden wir noch gegen unseren Willen von deiner Familie verlobt.«

Metin umarmte Charlotte. »Kluges Mädchen. Denn noch mehr Aufregung verkrafte ich auch nicht. Sonst erreiche ich Level fünf nie.«

20

SO TIEF UND FEST hatte Charlotte schon lange nicht mehr geschlafen. Sie wachte erst auf, als es bereits Mittag war. Jamie und ihre Mutter waren nicht mehr da. Sicher schufteten sie schon im **Cookie's**. Ganz kurz hatte Charlotte deshalb ein schlechtes Gewissen, aber dann fand sie eine Nachricht, die ihre Mutter an ihr Lieblingsmüsli geheftet hatte.

> Meine Süße, schlaf dich mal richtig schön aus. Du hast es nötig, außerdem sind doch Ferien. Heute kommt Sergios Schwester Rita, und ich arbeite sie ein. Also keinen Stress. Ist alles total entspannt. Hab dich lieb, Mama.

Suchend blickte sich Charlotte um. Insgeheim hatte sie gehofft, dass Jamie ihr signalisierte, dass er wegen gestern Abend nicht mehr sauer auf sie war. Ihr Kinobesuch war einfach toll gewesen, und wenn sie an ihre Küsse dachte, bekam sie immer noch eine Gänsehaut. Schade, dass der Abend auf den letzten Drücker so abgedriftet war. Andererseits hätte sie die Sache mit Metin sonst nicht so klar gekriegt. Und er hatte wirklich gut reagiert. Ilona mochte Charlotte zwar immer noch nicht, aber Metin würde sicher schon bald merken, dass sie nicht die Richtige für ihn war. Oder eben doch, korrigierte sie sich streng. Sie musste sich angewöhnen, nicht immer alles besser zu wissen.

Nur wegen Jamie wusste sie nicht weiter. Vielleicht klappte die Dach-Methode ja auch bei ihm. Sie konnte doch einfach erzählen, dass sie sich mit Metin ausgesprochen hatte und beide nur noch very best friends waren.

Nach zwei Schalen Müsli stand ihr Entschluss fest. Sie sprang unter die Dusche und hielt ihren Kopf eine Ewigkeit unter das lauwarme Wasser. Das Veilchen-Kleid hatte sie gestern Abend einfach traurig in die Ecke gepfeffert. Es lag dort immer noch wie verwelkt herum. Mit dem Dampfbügeleisen brachte sie es wieder in Schuss und zog es an. Sofort fühlte sie sich besser. Gut gelaunt machte sie sich auf zum Cookie's.

Als Erstes lief sie Rita über den Weg. Sie hatte Sergios Schwester bereits einmal in seinem Geschäft kennengelernt, als ihre Mutter dort eine Silberkette mit einem Hufeisenanhänger für Charlotte gekauft hatte. Der Job schien Rita Spaß zu machen, denn sie pries Jamies Apfel-Tarte in den höchsten Tönen an.

»Hey, Mama!«, rief Charlotte, fegte hinein zur Theke und drückte ihrer Mutter einen Kuss auf die Wange. »Wo ist Jamie?«, fragte sie erstaunt, weil sie ihn nirgends entdecken konnte.

Ihre Mutter sah sie mit einem Blick an, den sie nicht entschlüsseln konnte, und sagte leise: »Dahinten an dem

Zweier hinter der Palme, er hat **überraschend** Besuch bekommen.« Sie betonte **überraschend** und zog warnend die rechte Augenbraue hoch. Im selben Moment sah Charlotte ihn mit einem Mädchen dort sitzen, das einfach nur Rosalie sein konnte. Charlotte wurde schwarz vor Augen.

»Das ist Rosalie«, sagte ihre Mutter.

»Warum hast du mir keine SMS geschrieben?«, hörte sich Charlotte mit ganz fremder Stimme fragen.

»Weil du dann nicht gekommen wärst«, antwortete ihre Mutter. »Und das wäre ziemlich bescheuert gewesen.« Ihre Mutter konnte ungeheuer direkt sein, wenn sie es für nötig hielt.

»Cookie!« Jamie hatte sie entdeckt und winkte ihr zu. Rosalie sah sie neugierig an. Ihre Haare waren streichholzkurz und rotblond. Sie sah mit ihrer Pixiefrisur aus wie die sehr hübsche Mädchenversion von Peter Pan. Sogar auf diese Entfernung konnte man erkennen, dass ihre Augen meergrün waren. Sie passten perfekt zu Jamies tiefseeblauen.

Wenn ich einen Schritt auf die beiden zu mache, sterbe ich, dachte Charlotte. Sie beschloss, egal, was ihre Mutter davon hielt, einfach die Flucht zu ergreifen.

Gerade als sie sich zur Tür wandte, umfasste plötzlich eine Hand ihren linken Arm und hielt sie fest. »Hey, Charlotte. Wo willst du hin? Ich möchte dir gerne Rosalie vorstellen. Sie ist übers Wochenende bei ihrem Onkel zu Besuch. Du weißt schon: der Küchenchef aus dem *Perior.*«

»Hello, Cookie. Nice to meet you!« Rosalie lächelte.

»Ich heiße Charlotte«, antwortete Charlotte. Niemand

durfte sie einfach so Cookie nennen. »My name is Charlotte.«

Rosalie nickte. »I know. But Cookie is so sweet. It's been Jamie's idea, right? He is so creative, did you see the birthday cake? I had to see him immediately. So cute.« Sie wuschelte Jamie durch sein kurzes Haar.

Wie viele Qualen konnte man eigentlich ertragen, wenn die erst Ex- und dann wieder nicht Exfreundin von dem Typen, in den man total verknallt war, vor einem stand? Rosalies Gesäusel über Cookies, Torten und den süßen Jamie reichte Charlotte definitiv. »Alles super, Rosalie, ich muss dann mal los«, sagte sie mit letzter Kraft. Leider hielt Jamie sie immer noch wie ein Schraubstock fest. »Würdest du mich bitte loslassen«, sagte sie so ruhig wie möglich. »Ich möchte mir nämlich ungern den Arm abhacken.«

»Hör mir erst zu, Charlotte«, sagte Jamie. »Es tut mir leid wegen gestern Abend. Ich hätte dich nicht so bedrängen dürfen. Egal, warum du so explodiert bist, du wirst wahrscheinlich einen Grund gehabt haben. Und wenn du lieber mit Metin zusammen sein willst, finde ich das zwar unglaublich schrecklich, aber dann ist es eben nicht zu ändern. Können wir heute Abend, wenn ich vom Kochen zurück bin, noch ein letztes Mal über alles reden? Ach, und noch was: Ich habe bis vorhin wirklich nicht gewusst, dass Rosalie kommt. Das musst du mir einfach glauben.« Er hatte sie, während er sprach, losgelassen, aber Charlotte war nicht vor ihm geflüchtet. Das hätte sie auch gar nicht gekonnt, weil sie sein Blick schon wieder ganz und gar verhext hatte.

Gleich nach seiner Rede waren Jamie und Rosalie gegangen, um Rosalies Onkel zu treffen. Charlotte hatte eine Stunde wie betäubt an der Theke herumgehangen, bis ihre Mutter sie mit dem Satz »Du bist so leichenblass, das ist geschäftsschädigend« zur Tür hinausgeschoben und ihr eine Runde Spazierengehen verordnet hatte. Nachdem Charlotte ziellos über den Heinrichplatz zum Mariannenplatz und wieder zurück gelaufen war, landete sie schließlich dort, wo sie sich am liebsten aufhielt, wenn es ihr mies ging: dem Kinderbauernhof.

Michael hatte den Meerschweinchen inzwischen ein wirklich tolles Freigehege gebaut, das absolut fuchssicher war. »Aber nachts hole ich die Kleinen trotzdem rein, man weiß ja nie«, sagte er. Er sah Charlotte prüfend an. »Kummer? … Na, ich lass dich mal in Ruhe. Aber wenn du Lust hast, kannst du Gerda füttern.« Er packte ihr einen Eimer mit Gemüse voll.

Gerda war trotz Hitze in Meckerlaune, oder gerade deshalb. Während sie munter Möhren und Kohlrabischnitzel mampfte, schüttete Charlotte ihr auf einem Hocker sitzend ihr Herz aus. »… und gerade als ich wusste, dass Jamie doch der Richtige von beiden ist, tauchte diese doofe Rosalie auf«, beendete Charlotte ihren Bericht. »Das ist doch blöd.« Tränen liefen über ihre Wangen. Gerda fing aufgeregt an zu meckern und schnupperte an Charlottes Veilchenkleid. »Nein, nicht das«, rief Charlotte entsetzt. »Die Veilchen sind doch gar nicht echt.«

Gerda schubste Charlotte vom Hocker und beschimpfte sie lautstark, weil sie das Veilchenkleid nicht an sie verfüttern wollte.

»Weg mit dir!«, rief Charlotte und schob Gerdas feuchtes Maul energisch von sich.

»Das ist die frechste Ziege, die ich je gesehen habe«, sagte eine Stimme hinter ihr.

Charlotte fuhr herum und starrte Jamie wie einen Geist an.

»Deine Mutter sagte, du bist vielleicht hier«, erklärte er. »Wirklich schön, dieser Bauernhof.«

Er streckte seine Hand aus, um Charlotte aufzuhelfen. »Dein Kleid ist jetzt ganz schmutzig«, sagte er.

»Kann man in der Waschmaschine waschen, ist Viskose«, antwortete Charlotte mechanisch.

Jamie hielt immer noch ihre Hand fest, aber sie schien es gar nicht zu bemerken. »Warum bist du hergekommen, wo ist Rosalie?«, fragte sie.

»Rosalie ist bei ihrem Onkel geblieben«, antwortete Jamie. »Wir haben uns endlich ausgesprochen. It's over now and I'm very happy about it.« Er sah Charlotte an. »Glaubst du mir? Ich werde auch nicht bei ihm arbeiten. Das wäre nicht fair, schließlich hätte ich den Praktikumsplatz nur wegen Rosalie bekommen.«

Er zog sie an sich und näherte sich ihren Lippen. »Ich werde dich wie versprochen in Ruhe lassen, aber würdest du mir eine einzige Frage beantworten, bevor ich auf mein Schiff verschwinde?«

Charlotte riss die Augen auf. »Was für ein Schiff?«

Jamie lächelte. »Ich habe ein Praktikum auf einem Schiff bekommen, für ein ganzes halbes Jahr, und heuere in einer Stunde darauf an.«

Charlotte schrie so entsetzt auf, dass selbst Gerda verstummte. »AUF EINEM SCHIFF?«

Jamie nickte. »Auf einem richtigen Schiff.«

»Und was für eine Frage?«, hauchte Charlotte.

»Ich möchte wissen, ob du auf mich wartest, bis ich wieder da bin …«

Charlotte schluckte heftig. »Mach ich«, flüsterte sie.

»Das ist super!«, rief Jamie. »Denn ich habe um acht Uhr frei, da könnten wir noch was unternehmen, allerdings müsstest du mir deine U-Bahn-Karte leihen, bis ich mir ein Fahrrad besorgt habe.«

»Häh?«, stotterte Charlotte verstört. »Acht Uhr? U-Bahn? Fahrrad? Ich verstehe gar nichts mehr.«

»Na, das Restaurant-Schiff liegt auf der Spree im Tiergarten, und da kommt man doch am besten mit dem Fahrrad hin, oder?« Jamie bekam einen Lachanfall.

»Bist du jetzt völlig durchgedreht?«, rief Charlotte und boxte wütend auf ihn ein. Vor Erleichterung liefen ihr die Tränen wie ein Wasserfall aus den Augen. Gerda sprang erschrocken davon.

»Nee, nicht durchgedreht«, japste Jamie. »Nur total verliebt – in dich!« Er zog sie an sich und hörte gar nicht mehr auf, sie zu küssen.

»Ich glaube, das wird ein richtig toller Sommer«, flüsterte Charlotte schließlich total außer Atem.

Jamie nickte. »Oh ja, das wird es. Mit Cookies und allem Drum und Dran.«

ENDE

Einfach

COOKIE'S FREESTYLE

Zutaten:

280 g Mehl

250 g Butter

100 g brauner Rohrzucker

130 g weißer Zucker

2 Eier

eine Prise Salz

1 TL Natron

Mark einer Vanilleschote
  oder 1 Fläschchen Vanillearoma
  oder 1 Päckchen Bourbon-Vanillezucker

200 g grob gehackte Walnüsse
  oder Macadamianüsse
  oder Paranüsse
  oder dunkle (weiße) Schokolade
  oder Haferflocken

Nach Belieben Nüsse und Schokolade miteinander mischen und daruntermengen – eben freestyle ☻

Freestyle: Gewürzbeigaben nach Stimmung und Laune

wahlweise

1 TL Zimt und eine Prise Muskat

oder

1 Schnapsglas Rosenwasser und eine Messerspitze Chilipulver

oder

1 TL Kardamom und 1 TL Anis

oder

Veilchenaroma und 1 EL Kakao

Die Butter mit beiden Zuckersorten und dem Salz schaumig schlagen. Die Eier einzeln unterrühren, Vanille zufügen und cremig rühren. Etwas Mehl beiseitenehmen und mit dem Natron mischen, das restliche Mehl löffelweise unter die Masse rühren, zum Schluss das Mehl-Natron-Gemisch einrühren (der Teig ist vergleichsweise fest und zäh). Schokolade, Nüsse etc. unter den Teig mischen.
Den Teig esslöffelweise auf ein mit Backpapier ausgelegtes Backblech setzen (Achtung! Die Cookies zerlaufen sehr stark. Maximal 8 Cookies pro Blech).
Backofen vorheizen. Bei Umluft 170°C/Ober-/Unterhitze 190 °C/Gas Stufe 3–4 ca. 8–9 Minuten backen. Wichtig: Je nach Ofen sind die Cookies etwas früher oder später fertig. Perfekt sind sie, wenn die Ränder ganz leicht braun sind und die Cookies im Kern noch feucht wirken.
Dann sofort aus dem Ofen nehmen und ganz vorsichtig zum Auskühlen auf einen Teller setzen. Beim Auskühlen härten sie dann nach, bleiben innen aber schön zart. Sind sie knusprig geworden, waren sie zu lange im Ofen! Am besten gekühlt in einer Dose aufbewahren. Schnell aufessen.
Man kann die Cookies nach Belieben glasieren, verzieren,

mit Lebensmittelfarbe bemalen, mit Liebesperlen aufpeppen oder als Blumen oder Gesichter gestalten.

Für Fortgeschrittene

COOKIE'S Karamellisierte Apfel-Tarte (TARTE TATIN)

Das Wichtigste: Die Tarte Tatin wird verkehrt herum gebacken, also mit dem Teig als Deckel obendrauf.

Zutaten:

200 g Mehl + etwas Mehl extra
3 EL Puderzucker + 125 Puderzucker (beides gesiebt)
1 Prise Salz
100 g kalte Butter + 125 g Butter
1 Ei (Gr. M)
6 feste, säuerliche Äpfel
1–2 EL Zitronensaft
Frischhaltefolie

Teig:

200 g Mehl, 3 gestrichene EL Puderzucker, Salz, 100 g kalte Butter klein geschnitten, das Ei und 2 EL eiskaltes Wasser erst mit dem Mixer, dann mit den Händen verkneten. Den Teig in Folie wickeln und ca. 30 Minuten kalt stellen.

Äpfel schälen und entkernen, in Spalten schneiden. Mit Zitronensaft beträufeln, damit sie nicht braun werden.

125 g Puderzucker und 5 EL Wasser in einer feuerfesten Tarte-Backform mit ca. 25 cm Durchmesser oder stattdessen in einer ofenfesten Pfanne goldbraun karamellisieren.
Zum karamellisierten Puderzucker 125 g Butter geben und darin schmelzen.
Danach die Apfelspalten kreisförmig in den flüssigen Karamell legen und bei schwacher Hitze 3–4 Minuten auf der Herdplatte oder Gasflamme dünsten.

Den Teig auf wenig Mehl rund ausrollen (Durchmesser Backform).
Den ausgerollten Teig über den Äpfeln ausbreiten. Den Rand bei Bedarf für die Form passend abschneiden. Im heißen Ofen 30–35 Minuten backen (Ober-/Unterhitze: 200 °C, Umluft: 175 °C, Gas: Stufe 3–4).
Die Tarte Tatin 5–8 Minuten in der Form abkühlen lassen, bis der Karamell fest zu werden beginnt. Einen passenden Teller auf die Form legen. Gegeneinanderdrücken und mit Schwung umdrehen. Die Tarte Tatin herauslösen.

Mittelschwer

COOKIE'S LONDON-CHEESECAKE (Käsekuchen nach Londoner Art)

Käsekuchen zählt zu den beliebtesten Kuchen überhaupt und ist ganz leicht zu backen. Je nachdem, aus welchem Land der Kuchen stammt, werden unterschiedliche Quarkarten verwendet.

Der deutsche Käsekuchen wird meistens aus 40 %igem Speisequark hergestellt, der italienische Käsekuchen mit Ricotta oder Mascarpone, auch der amerikanische Käsekuchen ist mittlerweile überall bekannt, nur der Käsekuchen aus London ist noch nicht so verbreitet. Im Gegensatz zu den anderen Käsekuchen wird er im zweiten Backdurchgang in einem Wasserbad zubereitet. Wenn man für dic Zuboroitung Puderzucker benutzt, wird der Kuchen lockerer.

Zutaten für den Boden:

160 g herzhafte Kekse nach Wahl (z. B. Mc Vitie's Digestive oder Butterkekse oder in der salzigen Variante Tuc)
ca. 50 bis 65 g sehr weiche Butter

Zutaten für die Käsefüllung:

600 g Speisequark (40 %) oder Frischkäse
120 g Puderzucker (gesiebt)
3 Eier Größe M
3 Eigelb Größe M (wichtig: zusätzlich zu den oben angegebenen 3 Eiern)
Mark einer Vanilleschote
  oder 1 Fläschchen Vanillearoma
  oder 1 Päckchen Bourbon-Vanillezucker
1 ½ EL Zitronensaft

Zutaten für die obere Schicht:

170 g saure Sahne oder 150 g Schmand
1 TL Puderzucker (gesiebt)
1 TL Vanilleextrakt

Zubehör:

Springform mit 20 cm Durchmesser
Alufolie
ein hitzebeständiger Topf oder eine Pfanne, die Springform muss für das Wasserbad locker hineinpassen

Zubereitung Boden:

Die Kekse ganz fein krümeln. Das kann man entweder im Standmixer machen oder die Kekse in Stücke brechen, sie in eine Gefriertüte füllen, Tüte verschließen und mit einem Nudelholz so lange über die Tüte rollen, bis nur noch feine Kekskrümel übrig sind. Kekskrümel in eine Schüssel umfüllen, die Butter hinzugeben und am besten mit der Hand alles zu einer einheitlichen Masse verarbeiten.
Die Springform mit Backpapier auslegen und die Butter-Krümel-Mischung mit den Fingern gleichmäßig auf dem Boden der Springform verteilen. Die Springform in den Kühlschrank stellen (ca. 30 Minuten) und mit der Zubereitung der Füllung beginnen.

Zubereitung Käsefüllung:

Den Ofen auf 180 °C (Ober-/Unterhitze) vorheizen.
Den Frischkäse oder Quark in eine Schlüssel geben und mit dem Mixer auf niedriger Stufe umrühren, bis der Käse eine cremige Konsistenz erreicht hat. Dann den Puderzucker unter ständigem Rühren untermischen.
Danach Eier und Eigelbe in die Frischkäse-Zucker-Mischung mischen, Vanille und Zitronensaft kurz unterrühren.
Die Springform aus dem Kühlschrank nehmen und den Boden

sowie die Außenseite mit doppelt Alufolie umwickeln, damit kein Wasser in die Springform dringt, denn der Kuchen wird im Wasserbad gebacken.
Die Springform in die Mitte der feuerfesten Form (hitzebeständiger Topf oder Pfanne) stellen und die Quarkfüllung auf dem Boden der Springform verteilen. Jetzt den Zwischenraum zwischen den beiden Formen bis zur Hälfte mit heißem Wasser auffüllen.
Die feuerfeste Form (mit der Springform) auf die mittlere Schiene des Backofens stellen und 50 Minuten backen. Dann den Kuchen aus dem Ofen nehmen.

Zubereitung obere Schicht:
Jetzt ist der Kuchen fest genug, sodass die obere Schicht aus saurer Sahne/Schmand, die jetzt aufgetragen wird, nicht sinkt.
Saure Sahne/Schmand mit Zucker und Vanille mischen, auf der Frischkäseschicht gleichmäßig verteilen und weitere 10 Minuten im Ofen backen.
Den Kuchen aus dem Ofen nehmen, den Ofen ausschalten und die Springform vorsichtig aus der Auflaufform heben. Als Nächstes den Kuchen vollständig auskühlen lassen und anschließend in den Kühlschrank stellen. Der Kuchen wird ca. 20 Minuten vor dem Servieren aus dem Kühlschrank genommen und vorsichtig aus der Springform gelöst. Vor dem Einschneiden das Messer in heißes Wasser tauchen.

Einfach

MÜRBETEIG – Grundrezept – für Obstkuchen und Ausstecherle

Zutaten:

300 g Mehl
200 g Butter (kalt)
100 g Puderzucker
1 Ei
Mark einer Vanilleschote
oder 1 Fläschchen Vanille-Aroma
oder 1 Päckchen Vanillezucker
Zitronenschale (gerieben)
eine Messerspitze Backpulver

Zubereitung:

Das Mehl mit Backpulver sieben. In die Mitte eine Mulde drücken und das Ei, Vanille, Zitronenschale sowie den Puderzucker hineingeben.
Die kalte (!) Butter auf dem Tisch geschmeidig kneten und ebenfalls zugeben. Nun alles so schnell wie möglich zu einem Teig verarbeiten. Dabei die Zutaten mit den Handballen auf dem Tisch zu einem glatten Knetteig verarbeiten.

Später nach Belieben für Obstkuchen oder Ausstecherle benutzen.

Mittelschwer

Birne-Walnuss-Kuchen LA BOUM, der darf auf keiner Fete fehlen!

Teig:

250 g Mehl

125 g Butter

50 g Puderzucker

eine Prise Salz

1 Fläschchen Vanillearoma oder 1 Päcken Bourbon-Vanillezucker

1 Ei

1 EL Wasser

Teig:

Mehl, Butter, Zucker, Salz und Vanillezucker/-aroma zu einem krümeligen Teig verarbeiten. Ei und Wasser zufügen und zu einem glatten Mürbeteig kneten.
Den Teig für eine halbe Stunde im Kühlschrank bedeckt ruhen lassen.
Anschließend den Teig auf einer bemehlten Fläche ausrollen und eine ungefettete Springform (Ø 26 cm) damit auslegen.
Den Teig an mehreren Stellen mit einer Gabel einstechen.

Füllung:

50 g Butter

50 g Puderzucker

1 Ei

100 g gemahlene Walnüsse

1 kg Birnen (geschält und entkernt)

1 TL Zimt

2 EL Zitronensaft

Die Butter schmelzen und mit dem Zucker und dem Ei schaumig aufschlagen. Anschließend die gemahlenen Walnüsse unterheben.

Die Birnen stückeln. Zimt und Zitronensaft untermischen. Die Birnen unter die Butter-Walnuss-Masse mengen und gleichmäßig auf dem Boden der ausgelegten Springform verteilen. Den Kuchen im vorgeheizten Backofen bei 200 °C (Ober-/Unterhitze) oder Gasstufe 3–4 10 Minuten backen. Danach auf 170 °C runterschalten und 30 Minuten weiterbacken.

Glasur:

75 ml Schlagsahne

100 g Waldhonig

25 g Butter

100 g grob gehackte Walnüsse

1 TL Mehl

Sahne, Honig und Butter aufkochen und unter ständigem Rühren 2 Minuten köcheln lassen. Mit einem Schneebesen Mehl unterrühren und anschließend die grob gehackten Walnüsse untermengen.

Die Glasurmasse nach der 40-minütigen Backzeit gleichmäßig über den noch heißen Kuchen verteilen und bei 170 °C weitere 15 Minuten backen.

Das Copyright der Textauszüge aus den zitierten Liedern liegt bei folgenden Rechteinhabern:

Reality

Titel: Reality (Filmmusik)

Interpret: Richard Sanderson

Album: La Boum Die Fete

Erscheinungsjahr: 1980 / 1987 (in den Filmen La Boum 1 und 2)

Text und Musik: Jeff Jordan und Vladimir Cosma

Sampler 2009 © Larghetto (Original Motion Picture Soundtrack La Boum)

Midnight Memories

Story of my Life

Titel: Midnight Memories

Interpret: One Direction

Album: Midnight Memories

Erscheinungsjahr: 2013

© Simco Limited under exclusive license to Sony Music Entertainment UK Limited

IM FASHION-FIEBER

Usch Luhn
Good Luck Fashion

Larissas Leidenschaft ist das Entwerfen und Nähen von Klamotten. Plötzlich steht ihr bisher unbekannter Vater vor der Tür! Larissa weiß gar nicht, ob sie ihn kennenlernen will. Aber sein Beruf interessiert sie, denn ihr Vater ist ein total angesagter Modefotograf! Und er unterstützt sie dabei, ein Kostümpraktikum in einer großen Filmproduktionsfirma zu machen ...

176 Seiten – Ab 12 Jahren
ISBN 978-3-86430-038-7

Cool
Stylish
Kostüme

VOLLKOMMEN VERLIEBT

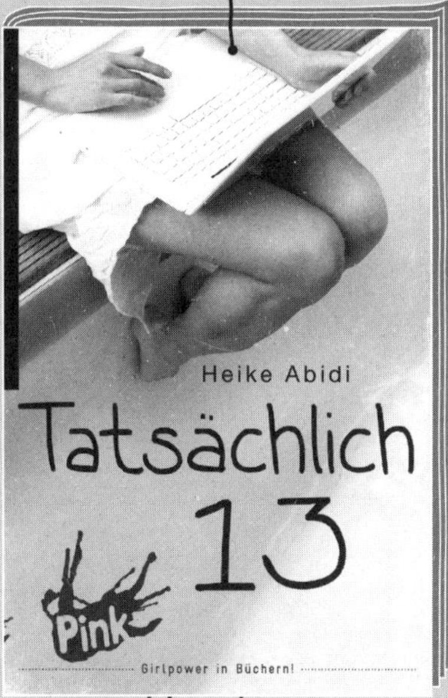

Heike Abidi
Tatsächlich 13

Der Countdown läuft! Bald wird Henriette 13 und somit offiziell ein Teenager. Bis dahin muss sich aber noch einiges tun, zum Beispiel die Sache mit dem festen Freund. Und sie will noch einige wichtige Dinge rausfinden: was Verliebtheit ist, wie man toll küssen kann und warum Eltern immer so oberpeinlich sind. Bei ihren Experimenten lässt sie kein Fettnäpfchen aus …

176 Seiten – Ab 11 Jahren
ISBN 978-3-86430-025-7

spannend
total witzig
Liebesrecherche

Pink